白楊林裡的房子

The House in Poplar Wood

凱瑟琳・K・E・歐姆斯畢 K. E. Ormsbee ———著
歸也光 ———譯

獻給

維吉尼亞・凱特・凱洛

(Virginia Kate Carroll)

回憶守護者、秋天愛好者，朋友

你無法撲滅一場火；

能夠點燃之物件

能夠自行燃起，無須扇子

在最緩慢的夜晚。

你無法摺疊一場洪水

收納於抽屜，

因為風將找出它，

並告知你的雪松地。

艾蜜莉．狄金森（Emily Dickinson）

序

那是白楊屋（Poplar House）尋常的一天。

跟大部分尋常的一天一樣，從早餐開始。

菲力・維克瑞（Felix Vickery）替自己弄了麥片粥，但是沒有糖，也沒有奶油，好為燕麥增添風味。

里・維克瑞（Lee Vickery）吃媽媽做的香煎鄉村火腿，旁邊的馬克杯裝著熱蘋果汁。

接著，跟其他尋常的一天一樣，兩兄弟進行每日家務。

菲力從掛勾上拿下銅鍋，打開水龍頭裝滿水。他把銅鍋拿到爐灶上，點燃瓦斯焰火。

里腳步沉重地走到裝罐房，用萬用鑰匙打開門。裡面有需要貼上標籤並歸位的罐子。

水滾了，菲力準備妥當：丟進五根迷迭香，接著倒入兩顆檸檬和一顆萊姆的果汁。他用一根木匙把湯攪勻。

「菲力！」爸爸在走廊另一端大喊。

「再五分鐘！」菲力喊回去。

湯需要花時間調煮。開方子是一回事，賦予方子生命可是另一回事。

「里！」媽媽在起居室大喊。

里快處理完最後一個罐子了——黃色緞帶，打成一個整齊的蝴蝶結。

「快好了。」他在標籤寫下日期和分類。

媽媽常常提醒他，先把標籤寫好**再**貼上罐子比較好處理；里常常忘記。

今天標籤上寫著牢記。

牢記的標籤比遺忘少多了。

提醒與忘記。這就是里在白楊屋的生活。提醒與忘記，抽取與裝罐。

里將罐子放在恰當的架子上。

「有好好蓋緊嗎？」媽媽送他到前門時問。

「有。」里回道。

沒蓋好就慘了。回憶是脆弱的東西，而且遠比果醬或蜜餞無價。一旦漏出罐外便消散無蹤，或者更糟——找到途徑進入某人心中。

「有好好調煮嗎？」菲力的爸爸從兒子手中接過裝碗的藥湯時問。

「有。」菲力回道。

這個問題每天重複，但至關重大。

藥湯意味治癒；意味有個明天，而非永遠不再。所以菲力用心調煮，並把藥湯送去檢驗室。

今天的病患是名老嫗，一頭灰髮，牙齒只剩一半。她喝下柑橘類水果與迷迭香的調飲，這是特別為她而烹煮、攪拌。菲力看著她蒼白的臉頰變得更加紅潤，黯淡的雙眼也充滿生氣。

菲力的爸爸扶老嫗下床，菲力想起她之前的許多病患也曾躺上診療檯，但不曾再爬起。終結，而非治癒——數量多到菲力無法計數。

治療與終結，調煮與觀察。這就是菲力在白楊屋的生活。

家務完成，里離家上學。他慢慢走，靴子瞄準易碎的橘色樹葉。他的左耳聽見音樂——一首輕柔哼唱的歌。回憶總在她漫步穿過樹林時哼唱。

這首歌告訴里他並不孤單。他屬於某個地方、某個人，他喜歡這樣。

家務完成，菲力站在白楊屋的後階梯上。他遙望遠方，納入分成兩半的視野：左眼看見爸爸，右眼只看見一位身穿黑衣的紳士。兩名男子在粉色的晨曦下握手。

他們的握手告訴菲力他永遠不是自己一個人。他屬於某個地方、某個人，無論他喜歡與否。

1

菲力

十月的最後一天悄悄來到白楊屋。這一天穿過山牆的縫隙與地板上微小的破洞而至，帶來橡木枝燒過的氣味。

這天是萬聖節，對菲力．維克瑞來說，也是這年裡最溫暖的一天。

整個秋天菲力都戴手套上床，睡醒時睫毛結霜。就連在夏天，外面的樹林沉醉於陽光，整個波恩山脊（Boone Ridge）渴望著草坪灑水與新鮮冰棒——就連在那時，陰冷寒氣仍盤據家中。就連在八月菲力也穿著長袖睡衣上床。

跟死亡共享住家就是這樣。大多數病患都不相信**死亡**。儘管謠言在波恩山脊與更接近山區的採礦鎮流傳——關於家裡有其他存有的謠言——訪客只相信白楊屋東側門上的門牌，上面寫著文斯．維克瑞（Vince Vickery），全科醫師。

有人尊稱文斯．維克瑞為田納西最棒的療者。有人視他為庸醫而不屑一顧。事實如下：在

他的療者生涯中，文斯精確預言了他每一位病患的命運——他們是生是死。對那些注定活命的病患來說，文斯只用區區一碗自製藥草湯便治癒他們的疾病。他做這行已經超過十三年了。

鎮民可以好奇與猜測，但菲力知道是死亡給予爸爸這樣的能力。爸爸受合約的約束必須擔任死亡的學徒，到了菲力十六歲生日那天，他也會得到終身的學徒身分。

鎮上無人知曉菲力．維克瑞的存在。他禁止進入波恩山脊，必須待在樹林裡，不可遠離白楊屋，一年三百六十五天都必須以見習學徒的身分工作。

三百六十五天，只除了這一天，萬聖節，死亡休假中。

每年的那麼一天，波恩山脊的死亡不索討生命。他打包旅行包，在破曉時離開白楊屋，一直到隔天破曉才回來。菲力不過問死亡去**哪裡**——不重要。重要的是，萬聖節的一切都有所不同。這一天，家裡轉為溫暖，沒病患上門，死亡門前的人繼續活著、呼吸。這一天，菲力獲准離開白楊林（Poplar Wood）。

「你在做什麼？還在工作嗎？」

菲力從爐灶上抬起頭；他原本忙著彎腰調煮一鍋玫瑰花瓣與茄屬植物的藥湯。這是爸爸最受歡迎的調飲——可以緩解惡性感冒的配方。

「我想說煮一些起來備用。」菲力說。「畢竟感冒季到了。」

文斯對兒子微笑。他並不老，但笑容老；嘴唇因太多個早晨在白霜中醒來而損傷。儘管如此，對菲力來說，在這一天，這抹笑容是全世界最令人愉快的景象。因為代表**自由**。

「湯放著讓它涼，」文斯告訴兒子，「你不用管了。」

菲力小心地把鍋子從爐灶挪到待用的三腳架上。然後以更歡快的心情聽從爸爸的第二道命令，一把抓起背包衝出門，來到前廊。

慢慢滲入的白晝將菲力沐浴在琥珀色光輝中。面對白楊屋的山丘頂，陽光在一個琥珀色特別濃的東西上閃耀。那是一叢頭髮，屬於菲力的孿生兄弟。

菲力抬起一隻手為可視的那隻眼遮去陽光——不是濁白覆以眼罩的那隻眼。山丘頂，襯著落日，里．維克瑞恍若國王。

「萬聖節快樂！」里大喊。他衝下山坡，細長的雙腿以令人擔憂的速度驅動他朝家奔去。

「萬聖節快樂！」菲力喊回去。

里躍上前廊，一把將兄弟擁入懷中，開懷大笑。他們搖晃踉蹌，菲力來不及抽身，他們便雙雙倒在地板上。

他們坐起後，里一拍菲力的運動鞋。「準備好了嗎？」

菲力舉起背包。

「非常好。」里說。「我三分鐘後出來，幫我計時。」

里跌跌撞撞衝進白楊屋西側，而菲力記下腕表上秒針的位置。西側門的門牌上寫著茱蒂絲・維克瑞（Judith Vickery），心理醫師。風帶出羅勒與重乳酪的氣味，門的鉸鏈嘎吱作響。男孩們的媽媽在做飯。

菲力的胃翻攪，愉悅但痛苦。不知道媽媽煮飯的時候會不會一邊哼歌。他打賭她會。他打賭那一定是全世界最美妙的聲音——甚至比令人愉快的蟋蟀鳴叫暫歇還美妙。

里磕磕絆絆地奔出來，身上穿了一件較厚的外套。

「我會啦，我會！」他對著屋內喊。

菲力查看秒針。「兩分二十秒。」

里露出勝利的笑容。他將一塊溫熱的切達乳酪餅交給菲力，兩個男孩朝鎮上出發。

「媽說十一點要回到家。」里嘟著嘴說。

「比去年晚。」

「是啊，但爸讓你在外面待到更晚。」

「沒比我**能**待在外面的時間晚。」菲力說。「我會跟你一起走回家。一向如此。」

里踢開一段樹枝，抬頭看著菲力，清澈的棕眼緊緊盯著他。

「我一直在想，有一年你會……嗯，你會想自己待在外面。這是你看見鎮上的唯一機會。要是我能夠待在外面……」他只說到這，但菲力猜得到兄弟在想什麼：對於宵禁後光景的好奇疑惑。

「我不喜歡鎮上。」菲力說。「發生太多事，太快。」

「**所以**我才喜歡啊。」里大笑。

不像菲力，里常常笑。他在西側的房間與菲力在東側的房間只有兩牆之隔。里的笑聲有時會穿透木牆，菲力會納悶是什麼讓他發笑——或許是媽說的笑話。里跟菲力說過，媽媽非常會說笑話，但菲力無從得知；他沒見過媽，而菲力也沒見過爸。這是協議的一部分。

「今晚，」里說，「我要帶你去小溪餐廳。學校裡的每個人現在都在那裡。然後我們去營火區。說不定你今年還會跟某個人說話呢！」

菲力哼了哼，嚼著乳酪餅。他到鎮上不是為了跟人說話。他到鎮上是為了**觀察**，更重要的是，**學習**。

「我們為什麼不變裝？」菲力問。

以前里會堅持他們兩個都在去波恩山脊前穿上萬聖節服裝。菲力總是裝扮成探險家，因為只需要戴上爸的寬邊帽就足夠。但里幾天前告訴他，他們今年穿平常的衣服就好。

里聳肩。「大家都不再變裝了。」

「大家？」

「我們這年紀的人。小孩才變裝。」

「噢。」

要是菲力有上波恩山脊中學，他也會知道像這樣的事。他極度渴望里每天取得並帶回家的知識。或許，菲力心想，一旦他知道大家都做些什麼，他就會想跟他們說話。

但到目前為止他都心懷感激，至少他不必為里在學校學到且必須遵守的那所有規則而煩惱：不得嚼食口香糖；十歲後不得玩鬼抓人；在班上不得表現得好似你知道所有答案……還有現在，萬聖節不得變裝。

菲力想知道有沒有辦法學習這世上所有美妙的課程——古文明的歷史與星辰的科學——同時免去學習所有那些煩人的規則。

他想知道是否有天他會有機會找出答案。

2

葛瑞琴

「塵歸塵、土歸土。」

文字優美，牧師有如誦詩，不過葛瑞琴（Gretchen）還是認為用這種方式說再見很糟糕。艾希・海斯汀（Essie Hasting）的媽媽在哭，好多穿黑衣的人也在哭。那天稍早起了薄霧，濕草粘上葛瑞琴的皮鞋。她看著海斯汀太太，艾希僅有的家人朝塗漆的棺木撒上一把濕土。

艾希僅有的家人在哭，但葛瑞琴家沒人哭。他們不是海斯汀家的朋友——社會責任要求他們必須出席。葛瑞琴的爸爸是波恩山脊的鎮長，而艾希的死是鎮上近幾年來最重大的悲劇。**一場難以想像的意外**、**慘痛的損失**——鎮民是這麼說的。艾希・海斯汀，波恩山脊中學明星學生兼舞蹈隊隊長，週一晚於山胡桃木公園（Hickory Park）散步，在鬆脫的岩石上滑倒，墜入深谷。據警察描述，墜落的高度太高，艾希肯定當場死亡。

一場難以想像的意外。

大家的說法**只有**這樣。彷彿艾希的早逝除此之外再無其他可進一步了解。然而葛瑞琴有疑問：

為什麼艾希．海斯汀在夜裡獨自散步？

像艾希這麼年輕的人，怎麼會就這樣**死掉**？

還有，為什麼威波鎮長（Mayor Whipple）堅持在門扉緊閉的辦公室內與波恩山脊的警長以及驗屍官密談？

葛瑞琴或可放聲質疑，但沒人會給她任何答案。在家裡不會，因為她是家裡的小寶寶，而沒人會把小寶寶當一回事。在鎮上也不會，因為她是鎮長的女兒，大家擔心葛瑞琴對她位高權重的父親嚼舌根，因此都緊緊閉上嘴。

所以如果葛瑞琴想要答案，她得自己找出來。

「住手，孩子。」

威波奶奶嶙峋的手指攫住葛瑞琴的肩膀，葛瑞琴太慢發現自己一直在扭轉頭髮。

「端莊一點。」老婦說，凝視著前方的墳地。

端莊——這天就是這麼回事。責任與禮儀，威波家的偉大教條，就連在此，一場家族仇敵的喪禮，教條還是教條。葛瑞琴在身後交握雙手，以防它們繼續搗亂。隨著最後一把濕土撒落艾希的棺木，黑衣群眾漸漸散去，她展現出最端莊的一面。

艾希的媽媽站在墓穴旁，朋友聚集安慰。兩名持鏟男子將土堆入六呎洞穴中——動作漫不經心，就像葛瑞琴的爸爸用小勺將糖鏟入咖啡時一樣。奶奶和威波鎮長離開去和牧師談話，展現得體的關懷以供所有鎮民觀看。他們來此的任務很快將結束。

葛瑞琴的身旁，她的哥哥亞沙（Asa）發笑。

「愚蠢。從頭蠢到尾。」

亞沙在威波奶奶的要求下身穿黑色西裝，但胸前口袋冒出一朵亮紫色的花——招搖又不敬，對這莊嚴的場合來說明顯不當。他的右掌有一處覆蓋厚紗布的傷口，無疑是最近某場鬥毆的結果。亞沙總是在打架。

大家總是對葛瑞琴說她長得像亞沙，這令她不寒而慄。她有同樣的墨般黑髮與深色眼眸，這部分倒是沒錯。家族朋友也指出兄妹倆的唇色都紅得出奇——正常人得靠口紅才有這樣的效果。但就這樣，葛瑞琴希望相似處到此為止，因為亞沙會做出最糟糕的表情。他會在沒事值得開心時微笑，該哭泣時冷笑，而在周遭的人歡笑時，他卻又嫌惡地扁起嘴。就好像亞沙臉上的肌肉全部接錯。

這會兒葛瑞琴給了他一個厭煩的表情。

「喪禮才不蠢。艾希發生的事很糟，就算她是那樣的身分也一樣。我表現出合宜的端莊，你也該這樣做。」

亞沙下巴一條肌肉不恰當地扯動。「好像端莊會改變什麼一樣。她還是死掉了，不是嗎？」

葛瑞琴沒答腔。她的視線投向亞沙身後的白楊林邊緣。一座山丘頂，兩個身影站在樹木間俯瞰墓地。他們顯然沒受邀出席葬禮。

「嘿！」她大喊。「嘿！你們以為自己在做什麼？」

葛瑞琴怒氣沖沖地大步走上山丘，上爬的過程中，她把入侵者看得更清楚了些。其中一個高挑、髮色赤褐，四肢細長；葛瑞琴在學校看過他。另一個男孩又瘦又小，髮色和她一樣漆黑，一眼覆蓋眼罩。剛開始，兩個男孩迷惑地看著下方的葛瑞琴，彷彿以為她在對白楊樹說話，而非他們。然後戴眼罩的男孩臉上出現領悟的表情。他抓住另外一個男孩的手肘，接著雙雙逃入樹林裡。

「嘿！」葛瑞琴再次大喊。「你們在這裡偷看什麼？說清楚啊！我知道你是誰，**里·維克瑞！**」

不過里·維克瑞和他的朋友沒有減速，被拋在後面的葛瑞琴只能以視線追隨，連褲襪又沾上新的汙漬。她從山丘俯瞰艾希的媽媽哭泣、亞沙踢草皮的地方。這些偷窺者有什麼好看的？

只有拉長的臉、薄霧以及憂鬱——最糟糕的端莊。一場難以想像的意外的尾聲，就這樣。

儘管如此，一個問題仍懸在葛瑞琴心頭，一如上方低垂消沉的雲朵：

她敢不敢思索那難以想像之事？

3

里

關於他的孿生兄弟，里．維克瑞有好多不懂的地方。首先是菲力怎麼能夠如此滿足於只和里、爸爸和死亡說話。還有菲力為什麼不喜歡鎮上。要是里只能每天在白楊林裡工作，一直到他十六歲生日那天，他應該會渴望逃走。萬聖節那天，他會在外面待到晚上十一點過後很久很久，待到黎明的露濕時分，一直待到死亡從假期返回前的最後一刻。

幸運的是，里沒有受限於白楊林。他可以上學，還可以去雜貨店和小溪餐廳。他知道街道名稱，也認識同齡的孩子。他熟知小鎮，每年都引以為榮地向菲力炫耀小鎮——過去一年來開張的新店鋪、關閉並拉上百葉窗的商店、新街燈和鋪得更好的馬路——就好像他親手參與鋪路，並為店家砌磚。

這對兄弟沿大街並肩前行，經過以南瓜和假蛛網裝飾的店面。太陽滑到鎮公所尖塔後，較年幼的孩子穿上超級英雄與皇室服裝，帶著枕頭套和塑膠桶，已經來到街上。他們現在來到鎮

上，遠離波恩墓地，里怦怦跳動的心臟也平緩了些。葛瑞琴．威波衝向他們的畫面把他們嚇傻了，但若非菲力抓著里，他可能會留在原地試圖解釋。畢竟他們又不是在偷窺。只是墓地緊鄰白楊林，而穿過白楊林是去鎮上最快的捷徑。

「那女孩不好。」他們轉上山胡桃木街時菲力說道。這是鎮上最繁忙的一條街。

「我猜她以為我們想惹麻煩。」

里沒說那女孩是葛瑞琴．威波。菲力本就不喜歡鎮上，而碰上威波家的人——維克瑞家不共戴天的仇人——並無法改善他的觀感。

「誰的葬禮？」菲力問。

「艾希．海斯汀。」

里到兩天前才知道這個名字，當時有關艾希的耳語突然在學校傳開。那天清晨健行者在山胡桃木公園的陡峭懸崖下發現她的屍體。里不懂為什麼大家這麼喜歡對這件事咬耳朵，好像有多令人興奮似的。里對整件事只感到悲傷。

「你和爸不會看到她上門就診。」他告訴菲力。「她是因為意外而過世。」

「我就在納悶。」菲力輕聲說。「這週一根蠟燭熄滅，但不是爸照料過的人。你怎麼沒跟我說？」

大多數的日子裡，當里放學回家，他會跟菲力說鎮上發生的事，無論菲力想聽與否。

「不知道。」里聳肩。「可能就是忘了。」

不過實情是里蓄意不告訴菲力。白楊屋裡原本就太常談論死亡和**死亡**，里感到厭煩了。

「到了！」

他們來到小溪餐廳。小溪餐廳附近一條溪也沒有，倒是位於小溪巷內。這是一棟磚造小屋，窗戶超大，附雅座和汽水噴泉。角落裡坐著一群頭髮剪得很短的男孩，正在喝汽水，共享一盤炸薯條。他們看起來年齡與里相近，但他告訴菲力：「我不認識這些傢伙。」

「很好。」菲力說。「我不想碰上任何人。」

他們在吧檯坐下，大腹便便、山羊鬍的哈威先生（Mr. Harvey）過來為他們點餐。里研究寫在黑板上的特餐，最後幫兩人點了鹽味焦糖奶昔和一盤炸酸黃瓜。

「好貴。」哈威先生一走回廚房。菲力便開口。

里從後口袋拿出一只破破爛爛的皮夾。文斯或許給菲力比較晚的宵禁時間，但茱蒂絲給的零用錢比較慷慨。

店門鈴響起，里太快轉身，來不及想到他根本不該轉身。

「看什麼看，胡蘿蔔頭？」

亞沙．威波走進小溪餐廳。他大步直直走過來彈里的耳朵。

「教訓你盯著人看。」他衝過吧檯，闖進廚房，大喊：「打卡上班，哈威先生！」

「他什麼時候開始在這裡工作的？」里咕噥。

「你的耳朵紅了。」菲力說。「你為什麼讓他彈你耳朵？」

里碰觸陣陣發疼的耳朵。「那是亞沙。你就是得讓他彈。」

「亞沙．**威波**？」

改善菲力對鎮上的觀感到此為止。這對兄弟似乎注定碰上現存的每一個威波家人。

里跟菲力說過所有有關亞沙的事。他是波恩山脊中學的十一年級生，卻廣受鎮上所有小孩恐懼。他既強壯動作又快，無論是誰，就算只比他矮一吋，都會被他找麻煩。他揍過很多人，只因為他們用奇怪的眼神看他。他休學四次，但因為是鎮長的兒子，所以永遠不會被退學。既然他滿十六歲了，又得到一輛摩托車，就能夠更方便地恐嚇鎮上較年輕的居民。

哈威先生從後面走出來，端著一大玻璃杯的冰焦糖奶昔和熱騰騰的炸酸黃瓜，里隨即忘掉刺痛的耳朵。

「你一定會喜歡的。」里拿起一條炸酸黃瓜在菲力的鼻端揮動。「打賭爸做不出像炸酸黃瓜這麼美味的東西。」

「我們最近很常吃豆子湯。」菲力用他的刀叉切黃瓜。

里大笑，從菲力手中搶過刀子。「不是那樣啦。像這樣。」

他把一整條酸黃瓜懸在嘴巴上方，一口嚼下半條。綠色汁液沿他的嘴角淌下。

菲力拿回他的刀子，繼續來回切割他的食物。「我們那半房子裡都是這樣做事的。」

「隨便。」里放棄，納悶著白楊屋東側有多少事情他永遠無從得知。

只因為那個愚蠢的協議。要是沒有協議，根本不用分什麼東西側。里大口喝一口焦糖奶昔，只得到嚴重的腦袋凍結感。

「唉唷。」他哀號，頭碰地落在吧檯上。

「我們喝飲料也喝得比較慢。」菲力拉開微小的笑容。

里抬起頭。「多謝了。」他按摩太陽穴。「你有沒有想過我們可能根本弄錯了？」

距離這對兄弟嘗試他們的計畫已經將近兩年——永遠打破協議的計畫。他們失敗了，遭受懲罰，也被警告不得再犯。人類陰謀對上陰影的意志根本不堪一擊，尤其是像里和菲力這麼幼小、脆弱的人類所策劃的陰謀。死亡就是這麼對他們說。菲力的主人嗓音陰鬱、油膩，里的左耳仍能聽見他所說的每一個字。

協議是永恆的，並非可打破之物。條款如下：

白楊屋永遠一分為二——東側與西側。
東側，菲力、父親以及死亡共同生活。
西側，里、母親以及回憶共同生活。
他們的父母餘生都無法看見彼此。
菲力永遠看不見母親，里永遠看不見父親。
學生兄弟可以相見，但只能在屋外。

這就是協議，而且將永存不滅。這對兄弟以最痛苦的方式學到這一課。然而就算如此，里還是常讓自己思忖是否還有其他方法——兄弟倆還沒試過但能夠打破協議的方法。

「你不該燃起希望。」菲力說。「我們遇過最難纏的就是這種病患——不該懷抱希望卻以為有希望。」

里咀嚼他的酸黃瓜。「**永遠**都該懷抱希望。媽是這樣說的。」

「那是因為媽和回憶住在一起，而回憶比較仁慈。不過就算回憶讓我們全部再次相見，死亡也不會准。他永遠不改變心意。」

「真希望我們住在其他鎮。」里說。「聽說查塔努加（Chattanooga）的死亡很好。他的學徒會發巧克力，讓你在前往來世的路上一路甜甜。」

菲力嘲笑地說：「我看不出糖果怎麼能讓死掉變得好一些。」里注意到哈威先生停止清潔吧檯。他站定盯著兩兄弟。菲力或許不知道，但里知道：當你談論死亡與回憶，說得好像他們會像真的人一樣定協議，尋常人就會用奇怪的眼神看你。

「走吧。」里在吧檯上放下一疊鈔票。「我們走。」

「還沒吃完耶。」

里把剩下的兩根炸醃黃瓜用餐巾紙包起來，丟進外套口袋。「現在吃完了。我們會想找個好位置看營火。」

菲力嘆氣，但仍跟著里走出餐廳。里只回頭一次，透過關閉的門上的玻璃查看。哈威先生沒在看他們了，不過別人還在看。亞沙朝里的方向露出駭人的微笑。他舉起兩根手指對著自己的眼睛，接著指向里。這個動作的意思是*我在看著你，小鬼*。

里打顫。他暗中懷疑，就算威波家和維克瑞家不是不共戴天的仇人，亞沙．威波也不會成為他的朋友。

4

菲力

大街上夜色濃厚，街燈到了該點著的時間仍未亮起；經過先前的幾次萬聖節，菲力自覺應該認識的角落也一片黑暗，全然陌生。

「燈為什麼不亮？」他問。

「因為暴風雨。」里說。「一個大閃電打中什麼電器，到現在都還沒辦法修復。是……有點令人發毛。」

「不過時機剛好，我猜。」

「噢，確實。」里就算打著冷顫還是咬牙逞強。

遠方出現一盞燈。那是羽石公園（Feathersone Park），每年的萬聖節營火都在此點燃。他們走向公園的途中，菲力伸出一隻手臂環住他的兄弟。他不會因為里有一點點害怕就取笑他。要不是因為菲力這輩子都和死亡共處，他知道自己也會感到害怕。菲力太了解他這年紀的孩子為

什麼會害怕黑暗的街道。他知道為什麼狼人和流血狂人的故事會讓皮膚起雞皮疙瘩。他非常**了解**那些恐懼——但他不曾**感受**到。

並不是說菲力自認比他的兄弟或其他同齡的男孩勇敢。他只是不怕鬼、血、黑暗，因為他知道**真正**該害怕的是什麼：死亡，他服侍的陰影。這種恐懼如此巨大、恆常，菲力不知道是否它就這麼推開所有其他一般的恐懼，為自己挪出空間，並獨占其中。

「看路好嗎？」

菲力太沉迷於自己的思緒，沒注意到把一個女孩閃閃發光的鞋子踩在腳下。

「不好意思，沒看清楚。」里拖著菲力遠離女孩；她打扮得像個天使，華麗的妝容下怒意如此強烈，就連金箔光圈都似乎在發怒。此處營火光亮，菲力能夠看得非常清楚，只是女孩剛好在他看不見的那一側。

「走吧。」里對菲力說。「我們得找到我們的朋友。」

「找朋友」是里為了擠到群眾前面而說的小謊，代表他們要從人的腋下與腿間鑽過、勉強躲過眼前的手肘。擠過去後，兄弟倆太過接近營火，菲力看得見的那隻眼都被煙刺痛了。

營火在他們前方熊熊燃燒，一個傲慢的龐然大傢伙。火花爆出，颼地飛入夜空。菲力身旁，一名成人女性貪婪地嚼食一顆糖蘋果；紅色碎片與未加約束的口水四溢，看來陰森。菲力閉上眼，深吸口氣，吸入燃燒木頭與枯葉的味道。身旁的人說話——數十道聲音彼此交疊閃避。菲力還是覺得談話的聲音很陌生，無論在再多次的萬聖節聽過都一樣。

「你！」

菲力睜開眼，發現一個鼻子對著他的下巴。這是一個特別的鼻子，鼻梁收窄，鼻頭又像雷根糖那樣圓潤。菲力從一個一頭狂野黑髮的女孩跟前退開；她的頭髮糾結得如此嚴重，活像長在一隻遭虐待的填充玩具身上。她的嘴流出假血，紫色新月在她的眼睛下方膨起。這是一雙菲力認得的眼睛：早先墓地裡的那個女孩。儘管她的其他部分看似一隻僵屍怪物，眼睛卻怒氣勃發，而且死死盯著里。

「那是怎麼回事？」她質問。「你們兩個剛剛為什麼擅闖喪禮？」

里的嘴巴張開一個湯碗碗緣的大小，但沒發出聲音。

「說清楚埋葬哪裡有趣啊，吭？你們不知道盯著死人被放進墓穴裡看很沒禮貌嗎？你們不知道盯著看就是很粗野嗎？怎樣，里．維克瑞，忘記怎麼說話了嗎？」

里閉上嘴，看起來像是壓根遺忘該如何說話。沒辦法了，菲力暗自決定。必須由他負責說話。

「我們不知道那裡在舉辦喪禮。」他說。「我們只是要走到鎮上，而且墓地又不是妳的，所以別煩我們。」

這就是菲力討厭跟人說話的原因。他們什麼都不懂，只會自以為是、吼叫、指手畫腳，正如女孩這會兒的模樣。她往前戳的手指如此靠近他的臉，他伸手拍開。

「好大膽子！」她呼喊，只是看起來興奮多於生氣。「這是誰，里？我沒見過他。」她轉向菲力。「你沒跟我們一起上學，對吧？」

菲力點頭。

「所以你是哈培思預校（Harpeth Prep）的學生？」

菲力搖頭。

「所以你不是鎮上的人。」

菲力思索片刻。「對。」

女孩瞇起眼。「你叫什麼名字？」

菲力沒回應，於是女孩接著說：「我叫葛瑞琴。」

「很好。」

葛瑞琴皺起眉。「好。要是你不跟我說你的名字，我就叫你……奇克（Zeke）。你膽子很大嘛，敢像那樣打女生，奇克。」

「我沒有打妳！妳有聽過個人空——」

「不重要。」葛瑞琴轉向里，上下打量他。「你為什麼沒有變裝？今天可是萬聖節耶，呆瓜。」

里一臉怯懦。「妳不覺得我們年紀太大不適合變裝了嗎？」

「萬聖節所有人都變裝。就連你這古怪的朋友也知道。」

「我沒有。」菲力說。

「你當然有。你扮成海盜。」

「沒有。」菲力說。「我不是。」

「少蠢了，奇克！不然你說**這**是什麼？」

葛瑞琴一把揪住菲力的眼罩。眼罩在她的手指下彎折，伴隨著令人發疼的一聲「啪」彈上菲力的額頭。葛瑞琴退後。「哇。噢，**哇**。那是真的？」

恥辱湧上菲力的臉頰，燃起火爐般的熱度。他沒有回應葛瑞琴。他跑走。他猛撞進一名小丑的懷裡，接著彈開，撞翻一名公主手上的一杯蘋果汁。他沒有道歉。他堅定地往前，在人體、布料間推搡前進，直到終於完全脫離人群。不過他繼續奔跑，一直跑到他被一截樹枝絆倒，直直摔進白楊林裡。

他坐起，心臟重擊，拽出插進鞋子裡的松針。

「菲力？菲力！」

里出現，氣喘不休，快步來到菲力身旁跪下，但是菲力躲開。

「別碰我，我沒事。」

「她不知道。」里還喘不過氣來。「真的，她不知道，菲力，還是——」

「沒差。」菲力站起。「跟你說過我不喜歡鎮上，也不喜歡這裡的人。現在你總算懂了吧？」

「但人有時候就是這樣啊！陌生人。不像我一樣認識你的人。」

「我看見她是怎麼看我的了。」菲力說。「我要回家。現在。」

「拜託不要——」

「你不用跟我一起回去！」他怒氣沖沖地說。

「嘿！」有人大喊。

葛瑞琴站在林子邊緣，看起來非常像她扮演的殭屍——肩膀拱起、血淋淋的嘴洞開。

「等等！」她說。但菲力衝進樹林的暗處。

他一直跑到側腹抽痛才減速，彎下腰，上氣不接下氣，一隻手撐著一棵橡樹才不致倒下。

里再次從身後趕上。「你不回去營火那裡了，對吧？」

「對。我要回家了。」

「但是你繞遠路了耶。」

「沒差。」

里大聲嘆氣。「好。你以前提早陪我走回去，我也會提早陪你走回去。不過菲力？」

「怎樣。」

「我覺得你很蠢。」

「好喔。」

兄弟倆恢復平靜，邁步朝白楊屋前進，將營火和名叫葛瑞琴的女孩都拋在身後。

在里有關鎮上的所有談話中，只出現過一個名叫葛瑞琴的人，而且從來不是好話。也就是說，剛剛那個殭屍女孩一定是葛瑞琴．**威波**。臉上帶著陰森的微笑，菲力思忖著真不知道是什麼萬聖節好運：他就這麼一晚來鎮上，居然有辦法碰上兩個不共戴天的敵人。

5

葛瑞琴

葛瑞琴這週已第三次來到輔導老師辦公室，今天還只是週二而已。

「妳知道自己為什麼來這裡嗎？」

波恩山脊中學的輔導老師克拉克女士（Ms. Clark）坐在鼻涕黃的桌子對面。她的雙手整齊地交疊在葛瑞琴的檔案上，那份馬尼拉紙的檔案厚如電話簿。

「我猜妳會告訴我吧。」葛瑞琴說。

克拉克女士寬容地簡短吸一口氣。「妳之所以來這裡，葛瑞琴，是因為我想幫妳。我希望妳在班上獲得成功。我希望妳**學習**。」

葛瑞琴正襟危坐，雙手在桌緣交疊，形成克拉克女士的完美鏡像——只除了葛瑞琴的指甲塗上橘色，一根淡粉色的手指用不掉色的麥克筆畫上一枚戒指。

「我也想學習，但是艾蒙森老師在阻撓我。」

艾蒙森先生是葛瑞琴的歷史老師，根據葛瑞琴那天下午留在他白板上的訊息，他教得不怎麼樣。

克拉克女士讓葛瑞琴看她的手機，螢幕顯示一張照片，主角是葛瑞琴的傑作，隨後已被憤怒的艾蒙森老師擦掉。訊息是一首詩：

餵養我們知識，而非事實。
給我們心，而非無脊椎的背。
別用成績檢驗我們。
讓我們提出主張、閱讀，以及呼吸。

「韻律很好。」葛瑞琴說。「我目前為止最棒的一首詩。」

克拉克女士關掉手機螢幕。「這不是詩文創作課，葛瑞琴。那也不是詩，而是孩子氣的行為。妳知道『孩子氣』是什麼意思嗎？」

「『孩子氣』（juvenile），形容詞，源自拉丁文juvenilis，有諸多定義，不過我猜妳想說的應該是『幼稚、不成熟』。」

克拉克女士碰地一聲把手機放在桌上。葛瑞琴沒被嚇到。她習於惹怒成人。

「威波小姐，希望妳覺得這很好笑。」

「我不覺得。」葛瑞琴說。「這非常嚴肅。但難道我沒給妳正確答案嗎？妳不能因此對我發怒。對錯真假——就是你們這些人要的。」

「我們這些人？懇請告知，誰是我們這些人？」

「妳、艾蒙森老師、校長。你們只想要我們考試時選出正確的。沒人希望我們思考、對『要是……會怎樣』感到好奇，因為要是我們好奇了，可能會得到錯的答案。」葛瑞琴停頓。但克拉克女士沒有否認。「只有希克林老師（Mr. Hickering）會問我們為什麼。昨天昆丁·邁瑟森（Quentin Matherson）在白板上完成一道真的很難的長除法。昆丁是老師們的最愛，顯而易見，因為他總是給正確的答案。

「不過妳知道希克林老師說什麼嗎？他問昆丁他做的事**為什麼**重要。『除法為什麼重要，昆丁？』他問。『你了解小數點真的很棒，但我們到底為什麼要管小數點？』」

葛瑞琴往前靠。「這一題昆丁不知道正確答案。他對艾蒙森老師說：『我只是想要得到A。』這難道不是妳聽過最蠢的事嗎？昆丁不知道自己為什麼要在乎，而且對此也不以為意。」

「想得A並沒有錯。」克拉克說。「好學生都想得到好成績。妳也有潛力做到，只要妳別那麼常堅持自我主張。」

「但我們就是靠自我主張而學習。」葛瑞琴說。「爸爸總是這麼說。」

「那好，把這個拿給妳父親時，別忘了提醒他這一點。」克拉克女士交給葛瑞琴一張不祥的綠單子。

「很好！」葛瑞琴歡快地尖聲說道。

「妳知道的，對吧，葛瑞琴小姐，妳再被記一次過就要停學了？」

「當然。」葛瑞琴說。「不然妳以為我為什麼笑？」

葛瑞琴走出波恩山脊中學時，亞沙正好把威波利齒（Whipplesnapper）停入停車場。威波利齒是一輛綠黴色的車，味道比視覺效果還要糟。威波家夠有錢，亞沙不僅能夠買摩托車，還能買一輛全新的跑車。威波鎮長甚至帶他兒子去好幾家車行，試圖說服亞沙買一輛好的BMW。只不過亞沙並不想要一輛好的BMW。他要威波利齒，一輛比葛瑞琴還老的車，他跟一家位於強克遜城，波恩山脊以東二十英里外的二手車行買下它。至於他的摩托車——他買回壞掉的車，自己把它修到好。有好幾週的時間，威波家的車道總是沾染機油，而且滿地黃鉛零件。奶奶大發雷霆，但就那幾週裡，亞沙幾乎看起來是快樂的。幾乎。然後他清掉混亂，又回到完全不對勁的微笑。

「你遲到了。」葛瑞琴對亞沙說，一面坐進乘客座。

「**妳**才遲到。」亞沙哼聲回應。

「我有一個特別的約會。」

亞沙切換威波利齒的檔位。這輛老轎車氣喘吁吁地駛出停車場，鏗里匡啷地轉上主要幹道。駛離學校時，葛瑞琴把頭探出車窗外，驕傲地審視磚造屋突上的粉筆字——這週她第一次到輔導辦公室報到的原因。

質疑一切，粉筆字寫道。

亞沙看著後照鏡，葛瑞琴肯定他看得見她的粉筆傑作。她好奇他是否認可——並不是說她想要得到**亞沙**的認可，也不是說他曾經對她表達過他的認可。

「他們把妳踢掉了，還是怎樣？」他問。

「再記一次過就停學。」葛瑞琴愉快地說。

亞沙哼了哼。她的哥哥自己也擁有輝煌的停學紀錄，葛瑞琴知道，但他是因為打架和抽菸，不是寫抗議的詩。但或許亞沙的哼聲表示他為她感到驕傲。並不是說她在乎。她真的不在乎，一點也不。

亞沙在紅燈前停住車子。「妳沒把通知交給奶奶或爸爸，不代表他們就不知道妳被記過。我聽到他們在討論把妳送走的事。」

葛瑞琴大笑，但聲音僵硬，有如威波利齒的引擎聲。「你騙人。是要把我送去哪？」

「北卡羅來納。我確定奶奶選了制服最醜、食物最糟糕的學校。一個有一大堆禮儀的地方。」亞沙對葛瑞琴假笑，她的視線垂落在自己的鞋子上。

「綠燈了。」她咕噥。

「妳繼續照這速度惹是生非，他們會在新年假期把妳送走。」

「綠燈了啦！」葛瑞琴大喊。

亞沙大笑，注意力轉回道路。威波利齒顫抖地穿過路口。

亞沙騙人，一定是。奶奶才不會把葛瑞琴送到寄宿學校。亞沙得到那麼多黑眼圈和綠單子，奶奶還不是沒把他送走。話說回來，亞沙總是得到從輕發落。他是長子，也是獨生子。他將繼承家族事業。葛瑞琴呢？或許她唯一的好處就是能夠被送走。

「隨便。」葛瑞琴說。「惹是生非是一個非常愚蠢的雙重動詞與名詞組合。根本多餘。惹是定義本來就是生非了。」

威波利齒隆隆駛過主街，轉上第二大道，發出鋃鐺聲響後在威波家修剪整齊的草坪前停下。天使雕像注視著他們，拉開弓，瞄準致命一擊。樹叢沿宅邸排列，修剪成完美的方塊。整片草坪似乎都因威波利鹵氣喘吁吁的存在而發怒。

亞沙熄火，喧鬧隨即停止。

「妳**確實**質疑一切。」亞沙說。

葛瑞琴驕傲地用力吸口氣。「你最好別懷疑。」

「很好。」

葛瑞琴皺眉。「**很好**？」聽起來幾乎像讚美了。

「妳就繼續質疑吧。翻過大煙山後繼續質疑妳自己。我一直都想要第二個房間。」亞沙獰笑著下了車，大步橫過前草坪，在柔軟的草地留下一道踏痕。

愚蠢。葛瑞琴暗忖。*蠢蛋才會以爲亞沙會說什麼好話*。他想要葛瑞琴在身旁的程度就跟奶奶和爸爸一樣——一點也不想。而且說真的，她在家裡有什麼用處？接受召喚訓練的是亞沙，永遠不會是她。所以身為威波家的第二個孩子有什麼意義？她只能站在她永遠不能參與的家族事業之外。

那麼，葛瑞琴思忖，說不定被送去寄宿學校還比較好。在北卡羅來納，她有可能會遇見鼓勵獨立思考的老師。她甚至有可能交到朋友——跟她同齡、不在乎她姓什麼的孩子。醜制服和低於平均水準的食物有可能會值得。

只不過北卡羅來納並沒有葛瑞琴現在想得到的答案。她的問題跟波恩山脊鎮上的一座公園，以及她在自己家裡聽到的一段對話有關。

健行客發現艾希屍體的那天，葛瑞琴在爸爸辦公室牆的另一側用一只玻璃杯偷聽；經過多年偷聽，她斷定這個杯子效果最好。辦公室裡有波恩山脊的警長歐森．莫瑟（Orson Moser），以及鎮上的驗屍官維儂．威克斯（Vernon Wilkes）。

「你確定？」威波鎮長問。

「確定。」驗屍官說。他低沉的聲音因隔著牆而顯得模糊。「在深谷裡發現她的屍體，但一根骨頭也沒斷。毫髮無傷——無可識別死因。」

「然而，」莫瑟警長說，「女孩還是死了。」

「健行客。」威波鎮長說。「他們知道些什麼嗎？」

「年輕孩子。」警長說。「一發現就先打給我們，沒人碰過屍體。發現時她顯然就死了。」

「很好。」威波鎮長說。「那麼我們的故事說得通。」

「什麼樣的故事？」驗屍官說。

「她跌落懸崖，當然。岩石鬆動，因暴風雨而滑脫。她失足，悲慘摔死。」

「威波，」莫瑟警長說，「這有正當理由進行偵查。」

「不然。」威波鎮長說。「我知道肇事者是誰。」

「誰？」驗屍官和警長同聲問。

「死亡。」威波鎮長說。「是死亡殺死那女孩。他因為他自己的理由在她命定的時間前帶走她。」

「但是！」莫瑟警長大喊。「這肯定違反——」

「你們的工作，先生們，是依鎮長命令行事。艾希．海斯汀的死是一場悲慘的意外。她從山胡桃木公園裡的懸崖跌落，摔在下面的岩石上。波恩山脊會為她哀悼，威波家將為她致意。然後小鎮將照常度日。」

接下來的沉默如此漫長、徹底，葛瑞琴唯恐自己錯失訊息，把耳朵更緊密地貼住竊聽杯。

「這，」莫瑟警長說，「是你希望我們提出的說詞？」

「這是**事發實情**。」威波鎮長說。「我們全部同意：**這就是當晚的事發實情**。」

「當然。」驗屍官拖沓的聲音說道。「我的報告將與此相符。」

葛瑞琴隨後回到自己房間，雙耳因仍在其中縈繞的話語而燃燒：

肇事者。

偵查。

毫髮無傷。

甚至到現在，葛瑞琴都仍覺得骯髒，彷彿需要以海綿將這些言詞從她的耳朵洗去。

死亡殺死艾希・海斯汀。

當然了，死亡殺死所有人。葛瑞琴知道。但爸爸和那兩個男人談論的方式讓艾希的死顯得有所不同。彷彿她的死是錯誤的。只不過他們不能告訴任何人。他們不會聲張。

有事情不對。

有事情遭隱瞞。

她的爸爸有所隱瞞。

葛瑞琴或許不是長女，並非注定成為召喚者。不過只因為被隔離於家族事業之外，不代表她就不能自行闖入。

爸爸隱瞞了一個祕密，而葛瑞琴將揭穿它。

她將證明她跟他們其他人一樣夠格當威波家的人。

因此，她暫時必須留在波恩山脊。北卡羅來納只能暫緩了。而如果這需要減少寫詩和被記過——嗯，她做得到。

葛瑞琴下定決心，把綠單子揉成一團後走進屋內。

6

里

里在一個玻璃罐綁上紫羅蘭色緞帶。紫羅蘭緞帶的罐子屬於第五層架子，里還不夠高，得靠四腳梯才搆得著。茱蒂絲在起居室，還在跟約五點的戴瑞太太說話。里走進起居室時沒跟兩人對上眼，拿了四腳梯便離開；媽媽把四腳梯靠放在瓷器櫃上。他把梯子拖到裝罐房，才好把戴瑞太太的回憶收妥。

一定是很糟糕的回憶，里心想，拇指滑過玻璃罐內縮的罐緣。內容物黑如夜、濃稠如糖漿。回憶仍新鮮，冒著泡吱吱響。一定非常糟糕，所以才屬於第五層架子。

四腳梯在里的腳下嘎吱響。他抬高手，把玻璃罐輕輕推到它的位置，確認能夠看見標籤——遺忘。然後他爬下梯子，捲好剩下的緞帶，和剪刀一起收起來。就這樣——完成一項例行任務。

伸手關燈前，他停住，凝視這一牆玻璃罐。他無法克制；一如癢了便想抓搔的直覺那樣自

然。五層架子的回憶是一幅頗可觀的景象。

最低的第一層架子最擠，塞滿一罐罐銀色的「瑣碎事物」——意外、不幸與失言，罐頂整齊地綁上藍色緞帶。第二層架子是橘色緞帶的罐子，每一個都快滿出來，不知情的訪客會發誓裡面裝著的是檸檬水。這些是有關「人」的回憶，就連一陣大笑的音色以及一顆雀斑的色澤這麼細微的回憶也包含在內。綠緞帶罐子裝著澄澈的「幸福」，都放在第四層。黑暗、綁紫羅蘭色緞帶的是「壞事」的回憶，例如戴瑞太太的罐子，則是放在第五層。不過里覺得最迷人的罐子都在第三層。這些是綁紅緞帶的「愛」之回憶，色澤與質地一如櫻桃果汁，在罐子裡微微沸騰，彷彿每個罐子都懸在火焰上。

然後是幫回憶貼標籤這檔事。綠緞帶的罐子一律貼上「牢記」。這些回憶由媽媽汲取，收在這裡以保安全，不受時間與疾病汙染。值得再次體驗的回憶。

藍色與紫羅蘭色緞帶的罐子幾乎都標上「遺忘」。媽媽把這些回憶哄出來以舒緩持有者的心，然後加以密封，永不再開。它們充滿痛苦或悲傷或難堪。最好束之高閣的回憶。

然而愛與人的回憶——它們的標籤沒有規則，「牢記」與「遺忘」各半。有些珍貴，須加以愛護。有些腐敗，須束之高閣。只有這些罐子，里曾被要求為它們更換標籤。病患再次上門，懇求不再記得他們曾希望珍藏共處回憶的朋友；也有人要求取回原以為再也不想要的愛之回憶。

標記「遺忘」的罐子一旦滿一年不曾再動，里便將它們從架子取下並永遠處理掉。這是里最不喜歡的部分，因為他得去白楊林深處的一個清澈小池塘。他必須在水面下一一打開罐子，釋放回憶。

里稱之為遺忘池塘的這個地方有魔法。回憶很久以前用她的力量創造出總是能洗去回憶的池水。無論時間長短，里都不喜歡待在池塘附近。它會以黑暗、貪婪的低語對他訴說；而里有一種感覺，要是他掉進水裡，他會失去腦中所有記憶，就這麼不復存在。無論棲息在池塘裡的是哪種魔法，里都判定不是好的那種。他盡可能避免前往池塘，總是把該處理掉的瓶子放到一旁，一年只去池塘一、兩次。媽媽和回憶似乎不介意。只要罐子一開始便立即貼上標籤、上架，房子西側就萬事太平。同時間，回憶留存約診的唯一紀錄——哪位病患製造出多少哪種回憶。這項業務井然有序，一如預期中里的工作應有的樣貌。

里結束凝視，關掉裝罐房的燈，緊緊鎖上門。他聽見身後傳來像是用指關節敲打的聲音，只有除此之外什麼也聽不見的左耳聽見。那是回憶。

回憶在走廊上，但她沒對里說話。她只是經過，如常不可見，哼著深沉低微的曲調。後紗門被一縷不合時宜的十一月暖風嘎吱吹開，隨後撞上門框，哼唱的聲音淡去。

里窺看起居室內。戴瑞太太已經離開，茱蒂絲獨坐柳條椅，看著自己手腕上的玉石與珍珠手鐲。里聽過這手鐲的故事十幾次了，但他不曾聽膩。

身為死亡的年輕學徒，里的爸爸在波恩瀑布底的一塊巨礫下找到這個手鐲，就在溪水沖擊得最猛烈的地方。手鐲從一處縫隙滑出來，完美落入文斯・維克瑞伸長的手中。他隨即失去平衡滑入水中，一頭撞上河底岩床。他的大衣勾住懸垂的刺藤叢，而茱蒂絲・鳥鳴——回憶的年輕學徒——就是在此發現不省人事的他。她獨力把他拖上岸，以脣就脣，把空氣吹入他的肺中。文斯甦醒後不久便將剛找到的手鐲送給救命恩人——原本是想拿去當了好買些冬季補給品的；除了手鐲之外，他還奉上永遠為愛獻身的承諾。

那天是萬聖節，死亡休假，回憶也在忙其他事。兩個陰影都沒看著他們的學徒，但第三個可沒忽略：熱情。多虧熱情，茱蒂絲和文斯的愛火燒得又快又猛，死亡和回憶來不及阻止他們的敵對學徒互訴情衷。另外兩個陰影稍後才有置喙的餘地——而這一置喙，成了一個協議。

「結束了？」里問媽媽。

她嚇了一跳，抬起頭。

「今天最後一位病患。」她說。

「不好的回憶。」

「對。」茱蒂絲臉色慘白，一如平時治療結束後。「都封好了嗎？」

里從他十歲生日那天開始處理罐子，但茱蒂絲總是會問他這個問題。要是罐子破掉，或沒蓋緊，內容物便會逸出。回憶不再屬於原主，轉為屬於離災難最近的人。或者，若附近無人，那回憶便就此消失，永遠消逝。

儘管他知道這些風險，里在裝罐房裡卻仍老是粗心草率。他曾多次給應綁上綠緞帶的罐子綁上橘緞帶，或是把與人有關的回憶與愛之回憶放在一起，導致病患回來找茱蒂絲，抱怨他們突然對雜貨店老闆產生莫名的情意。更糟的是，就在上個月，他沒把一罐瑣碎事物的回憶蓋好，內容物在一夜之間消失無蹤。

回憶為此而不高興。儘管她什麼也沒對里說，里聽見她那晚跟媽媽一直爭執到深夜；隔天，他把一批新的罐子封好上架時，聽見回憶在他耳邊悶悶不樂地哼唱。在那之後的一週，回憶都密切盯著他，確定他有好好工作。

「封得很好。」里回報。「我想去長廊待一會兒。」

「晚餐半小時後會準備好。」媽媽回道。

她知道里去外面的長廊和菲力見面，那個她不曾認識的兒子。要是里深入思考這點，他會悲傷得無法以言語形容。所以他今晚不想。他乒乒乓乓地跑到前廊，在最上層的階梯坐下。他坐在那兒凝望白楊林的暗處，聽得見的那邊耳朵豎起迎接菲力的腳步聲。

7

菲力

菲力把最後一株蛇根草放進背包。因為不停摘採、挖掘，他的指節僵硬不已。就算如此，菲力還是喜歡在像這樣的日子裡出來採集藥草。來到樹林，他得以遠離房子的陰冷、死亡的視線，以及蠟燭在地窖裡燃燒的臭味。

溫暖的秋日剩沒幾天了——菲力心知肚明。真正的十一月即將到來，因此菲力才鎮日辛勤工作，蒐集爸爸清單裡的每一種藥草。這會兒背包已鼓脹沉重，菲力走路回家，身上帶著一股辛辣混雜的味道。

一盞點亮的燈籠在白楊屋西側閃耀。里。菲力還記得，不那麼久遠以前，他的兄弟總是手拿一本書，眼神渴切的等他回來。那些日子裡，里是如此肯定會有辦法打破協議。他查閱了波恩山脊圖書館裡的幾十本書，都是些類似《魔法與其應用》、《打破魔咒的技藝》的書名。里當時滿懷希望，確信很快就能夠在西側前廊聽爸爸說故事，菲力也能夠在東側廚房和媽媽一起下

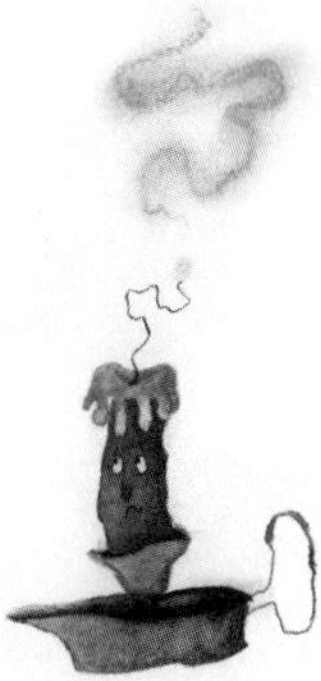

廚。但那是之前。在菲力被丟進地窖、里在死寂的夜裡被派去遺忘池塘一直清空回憶直到破曉之前。因為他們試圖愚弄陰影，死亡與回憶這樣告訴他們，略施薄懲而已。

菲力慢慢接近門廊，里終於發現，並揮手要他走近。「真慢耶！還以為你被薄暮哥布林抓走了。」

「準備好跑一跑了嗎？」菲力問。

他們試圖打破協議的計畫大半都是里的主意。閱讀資料、做夢與策劃的都是他。當那次行動結束——終結——里將他的精力轉移到他處——跑步。里往往繞著房子跑，求菲力幫他計時，並為他加油，鼓勵他達到最佳成績。菲力不介意，因為里跑步的時候是快樂的；而有好一段時間，菲力都擔心里的笑容會永遠消失。

「今晚不太想跑。」里說。「聊聊就好。」

「糟糕的回憶？」菲力在他身旁坐下。

若是裝罐太多壞事的回憶，里有時候會陷入驚懼。

沉默纏繞住兩個男孩，有如纏捲線軸那般緊密。

里輕聲問：「你覺得你做得到嗎？簽那份合約？」

菲力搖頭。「別傻了。」

「所以我先是懦夫，現在又是傻子。我可懂了。」

里凝望的目光回到林間，菲力則心一沉，因為尖銳的不適而亂跳。真希望他沒在萬聖節那晚指責里懦弱。他原本想道歉，跟里說他當時心情不好、那些字句就像水沖出脆弱的水壩那樣脫口而出。但他想不出怎麼說才對。

「我不是那個意思。」菲力說。「我當然有思考這件事，我知道死亡也有。他已經在想辦法拐騙我了。」

這並不是菲力杞人憂天，而是生於現實的憂懼：爸爸媽媽也都因為遭拐騙才成為學徒。菲力從里那兒得知媽媽的故事：茱蒂絲的媽媽因難產而過世，她的爸爸是她在這廣闊世界裡的唯一。馬西亞．鳥鳴（Matthias Birdwhistle）是回憶的前一個學徒，為人慈善，也是個好爸爸。他在藥局工作；櫃檯糖罐子裡的太妃糖明明該收費二十五分錢，他卻總是把免費送給鎮上的孩子，每天結束時再自掏腰包補上差額。

茱蒂絲是他的助手，就跟里現在一樣，幫忙把回憶綁上緞帶、上架。但馬西亞對茱蒂絲說，她能做的事遠超過學徒身分容許的範圍。他希望她離開波恩山脊，去上大學，遠遠離開。

茱蒂絲原本也有意如此。直到那天，一個歹徒來到藥局，一手拿著一個帆布袋，另一手則是一把槍。菲力的外祖父拿起電話報警，歹徒則當場殺了馬西亞．鳥鳴，用一顆子彈。

那天是茱蒂絲的十六歲生日。

那天，回憶在茱蒂絲面前現身，滿懷溫柔的同情，並提出協議：如果茱蒂絲簽下學徒合約，回憶將帶走有關父親死亡的所有記憶。

於是茱蒂絲簽了，而就算到現在，她還是沒辦法對里說出關於那場搶劫與謀殺她所記得的細節。她只記得在鎮上報紙上讀到的那些，就這樣。最糟糕的部分被乾淨抹去，茱蒂絲的痛苦消失，不復存在。

然後是男孩們的爸爸。他的家族長久服侍死亡。他們的住處遠離波恩山脊鎮，靠近文斯的家人工作的煤礦。採礦的工作艱苦又危險，文斯看著他的叔叔和堂哥夜夜晚歸，臉龐被煤灰染黑，肺裡都是毒物。然而文斯的爸爸免去這種命運，因為他是死亡的學徒。

「你有天也會成為學徒。」文斯的爸爸這麼對他說。「你應該為你更崇高的天職而心懷感激。」

但文斯的想法有所不同。他打算滿十六歲便永遠逃離，搭便車去諾克斯維爾（Knoxville），或是更遠之處。只不過當文斯滿十六時，礦場發生意外，礦坑崩塌，許多男人遭活埋。那天，文斯求死亡饒過那些人——都是些要養家的善良好人。

「只要你服侍我，」死亡對他說，「我可以救他們。」

於是文斯簽字放棄自己的人生，維克瑞家得以存續。

陰影少不了像茱蒂絲和文斯這樣的學徒。很難找到像這樣的助手，而且只有學徒訓練自己的孩子步上自己後塵才有意義。所以學徒的孩子在滿十六歲前都受約定約束。那並不是協議，只是標準作業流程。這樣一來，所有相關人等的工作都會輕鬆許多。

只是菲力討厭死亡，他也討厭爸爸的工作，以及白楊屋東側的一切。菲力並不介意很少有機會看見鎮上或住在鎮上的人。但他希望，渴切地希望自己能夠上學。雖然爸爸會在傍晚時教他閱讀和數學，菲力仍羨慕里從波恩山脊中學帶回來的故事：自然課，甚至是畫畫和歌唱課。菲力不會有機會認識這個滿是知識的世界，只因為死亡不讓他接觸——只因為他是雙胞胎中運氣比較背的那一個。

等到他滿十六歲，死亡拿出合約讓他簽——到時候菲力就自由了。他會拒絕，把合約撕成碎片，逃到一個他可以不受限制自由學習的地方。他打算離開，離開，**離開**而且永不回頭。

只是他知道，爸爸也曾有過相同計畫。

爸爸沒有成功。

「我們不會簽那些合約。」里這會兒說。「我當然希望我們不簽。」

希望。里總是用這個詞。在他們嘗試他們的計畫並失敗之後，他怎能再對**任何事**懷抱希望？就算——**當**——他們逃出這棟房子的束縛，協議依舊存在。

所以菲力永遠不會真正自由。永遠無法自由地看見媽媽、聽見她的笑聲，或是告訴她他有多喜歡她做的熱切達乳酪餅。里永遠無法與爸爸相見、記住他臉龐的線條，從他的和藹微笑中得到安慰。而文斯和茱蒂絲永遠、永遠無法再次相見。無論多少時間流逝，也無論男孩們是否簽下合約——協議依舊存在。

菲力不懷抱希望。不過他還是恨那份協議。從文斯抱菲力坐在他膝頭、告訴菲力他和菲力的媽媽相遇的完整故事那天起，菲力就恨那份協議；濃濃的憎恨在他心裡聚積。

一個玉石珍珠手鐲，卡在河床。一步失足、一場救援，還有一個吻。他們在那天陷入愛河，如此快速且全心全意。後來他們才發現塞在他們衣服裡的紫色小花，明白對方是誰，更重要的是，對方**屬於**誰：敵對的陰影。

其他多數鎮上，陰影相對來說對彼此的事務較不感興趣而共存。死亡索取生命、回憶主宰記憶，熱情則擁有熱切的結合。他們隨心所欲，依自己喜歡的節奏。但在波恩山脊有所不同。波恩山脊的死亡和回憶長久且強烈地厭惡對方。原因是兩者間多年前的一場爭執。死亡干預回憶的工作，又或者是回憶插手死亡的工作——細節現已模糊，就連菲力的爸爸也不知道。重點是，現在兩個陰影厭惡彼此，雙方學徒的結合令人難以想像。不可能。

波恩山脊的熱情知道其中的恨有多深，因此才在那次萬聖節撮合年輕的文斯和茱蒂絲。因為好玩，也為了給兩個陰影夥伴搗亂。所以其實是因為熱情才有那份協議，而儘管菲力不曾見過熱情，他也一樣恨這個陰影。恨比希望有道理多了。但，菲力心想，恨也比希望更令人筋疲力竭。

好心情竟如此快速敗壞，菲力感到驚奇。他不再想要和里聊上幾小時。他突然覺得這所有工作讓他累到骨子裡去了。

「我好累。」他抱緊背包。「好漫長的一天。」

「噢。好吧。」

這些前廊會議，當里從學校回來，菲力也完成火燙燙的每日例行任務，在前廊見面對他們來說是特別的。只是有時候太痛了。這些片刻提醒菲力原本可能是什麼樣貌、什麼該是卻不是。提醒菲力他們永遠不會像正常家庭那樣一起吃飯、晚上快樂地圍坐在劈啪響的火爐旁。他們壓根不是正常家庭。他們只是一對兄弟，一個對死亡之外的所有其他人來說都是一眼失明，另一個則是對回憶之外的其他人來說都一耳失聰；他們遭受詛咒，每天結束時都必須分離。

菲力站起。「明天見，好嗎？」

「對。好。」

里仍舊凝視著被風吹動的樹林。

菲力打開東側的門，在身後緊緊關上。他橫過廚房，沒對仍在爐邊調煮另一份藥草湯的爸爸說一句話。他在沒開燈的診療室門口停步。菲力曾在此觀看死亡用金屬鑷子取走脆弱的人命，就像菲力丟掉用過的衛生紙那樣輕而易舉。他曾看見生命在病患眼中閃爍，而後消逝。他也曾在那些眼睛裡看見恐懼，看見那些眼睛奮力對抗即將到來的黑暗，直到最後的光采遭吞噬。每個生命都有注定的時間——對應的蠟燭即將永遠熄滅、在地窖冒出捲曲藍煙的時刻。菲力看過無數燭芯搖曳，直到丁點火焰也不剩——生命消逝，永不再點燃。他看過太多，所以很清楚：你無法對抗死亡。所以他不知道為什麼這種強烈欲望仍舊濃烈強勁，像第二顆心臟般在他胸腔中糾結。

他繼續沿走廊往前走，拉上房門的門栓，在床上躺下。開始下雨了。一滴滴雨水打在房子上，直到雨幕覆蓋房間的窗戶。然後菲力看見了，透過他那隻看不見這世界其餘事物的右眼：一隻手，蒼白平滑，壓在靠近床的窗戶上。雨水在手指周遭湧流，落入下方的空花盆。菲力更加費勁查看：鼻子和脣色蒼白的嘴也出現了，在玻璃後顯得扭曲。

死亡正透過玻璃看著裡面的他。

菲力顫慄，把眼罩推回原位，可怕的臉隨即消失，只留下映在窗玻璃上難以解釋的古怪雨水印子。

菲力知道，死亡黑暗的凝視背後藏著陰謀。誘騙他自投羅網、把他永遠困在這裡、為死亡減輕工作負擔的陰謀。他躲進被子裡，至少此刻避開那凝視。

8

葛瑞琴

「葛瑞琴，我再說**最後一次**。」

葛瑞琴哼了一聲，丟下湯匙。湯匙噹啷撞上她的碗，接著滑進雞湯液體墳墓中。

「看在老天分上，」威波奶奶說，「看妳幹了什麼好事。」

「又不是我的錯。」葛瑞琴抗議。「這根湯匙不受控制。」

「妳也不受控制？」奶奶說。「不。妳可以控制妳的脾氣。妳可以控制妳的行為舉止。現在把妳的湯拿進廚房，換一個新湯碗。」

葛瑞琴一把從桌上抓起碗，快步走去廚房。她撈出湯匙，怒瞪著這個餐具——她所有災難的源頭。

她不是故意喝湯發出聲音，只是沒注意到她發出微乎其微的噪音。但是奶奶已經大驚小怪地說三次了；**最後一次**時，她在一陣突如其來的狂怒中淹死那根該死的湯匙。這樣對待無辜的

餐具並不公平，她知道。但是奶奶對葛瑞琴的一舉一動雞蛋裡挑骨頭也不公平。

葛瑞琴拿著新的碗和湯匙回到用餐室。她坐下時，某個堅硬的東西啪地打上她的腿脛，亞沙在桌子對面朝她竊笑。

「不要踢我。」她嘶聲說。

「亞沙，不要踢你妹妹。」威波鎮長心不在焉地說，聲音有如一陣遙遠的微風。

威波鎮長看著放在他餐具旁的一疊文件。重要事務。他偶爾拿起湯到脣邊啜飲一小口，然後便緊緊閉上嘴，繼續閱讀文件。十分令人生氣。葛瑞琴想站到她的椅子上，猛衝過餐桌，一腳踩進爸爸的食物裡。她想要尖叫：「我在這裡！**你的女兒**。醒來，**醒來**！」

但是葛瑞琴忍住不大鬧一場；亞沙又踢她的另外一條腿，她痛呼時，威波鎮長也沒有抬頭。

「葛瑞琴．瑪莉！」奶奶大喊。「最後一次警告。妳十三歲了。想參加今年宴會的話，妳最好拿出該有的表現。」

對葛瑞琴來說，這算不了什麼威脅。葛瑞琴並不想參加波恩山脊的年度耶誕宴會；出席這場活動，她得穿上令人發癢的貼身襯衣與襯裙，還要跟爸爸的所有無聊朋友握手。

葛瑞琴悶悶不樂地瞪著她的湯。一塊胡蘿蔔漂過，然後一片芹菜。她舀起胡蘿蔔放進嘴裡，擠眉弄眼地合起雙脣。她不會發出聲音，**她不會發出聲音**。慢慢地，她有驚無險地把湯匙從嘴裡抽出來，小心翼翼地放回湯碗裡，沒發出丁點聲響。威波奶奶沒注意到這個了不起的成就。看來她的所有思緒都被耶誕宴會占據；最近她開口閉口都是這場盛會。

「我不會多花心思操煩妳，葛瑞琴。」她這麼說著，「從排座位到擺花，我有一百零一場災難要處理。」

「花怎麼了，媽？」威波鎮長問，不過注意力還是在文件上。他伸手拍拍她的手，不過因為沒在看，所以反倒拍在奶油碟上。

「亞奇（Archie），別鬧了。」奶奶揮揮手。「不是說花商現在有什麼問題，而是之後**肯定**會出狀況。所有事前計劃得太詳盡又負責任的人都會面臨這樣的命運。」

「那妳或許不該計劃得這麼詳盡。」葛瑞琴建議。

她知道自己這是鋌而走險，不過奶奶太專注於未來可能的災難，沒注意孫女的無禮言論。

「聖誕紅是一種極端難以預料的花種，生來就是要折磨我的。」

葛瑞琴很想指出簡單的解決辦法就是放棄倒楣的聖誕紅，改訂其他種花。但那就真的**太過**無禮，而葛瑞琴不打算蓄意激奶奶用海市蜃樓般的北卡羅來納威脅她。她必須拿出最棒的表現，就算不是為她自己，那也得為艾希・海斯汀。

一個個問題在葛瑞琴的心中蠕動，固執的小蟲子：

死亡「殺掉」某人是什麼意思？

這跟死亡平時取走人命的工作有什麼差別？

死亡為什麼要殺死艾希．海斯汀？

還有為什麼——**為什麼**——葛瑞琴的爸爸要掩蓋真相？

「爸。」葛瑞琴說。

她喊他第三次了，但這次才被聽見。

「嗯？」他從文件抬起頭。「怎麼了？」

「我們為什麼恨海斯汀家和維克瑞家？」

「葛瑞琴，別鬧了！」奶奶大喊。「居然在家裡提起那兩家的姓。別拿這些討厭的事煩妳爸。」

不過太遲了。葛瑞琴奇蹟般抓住了威波鎮長的注意力。

「奇怪的問題，葛瑞琴。」他說。「從哪裡蹦出來的？」

威波鎮長凝視她——沒奶奶那麼嚇人，但一樣是凝視。葛瑞琴不怪他們兩人。威波家恨海斯汀家和維克瑞家，反之亦然。由來已久。沒人會在晚餐餐桌上提起這仇恨；因為恨**就是**恨。

「技術上來說，我知道我們為什麼恨他們。」葛瑞琴說。「因為他們是學徒，不是好東西。

但從來沒人談過他們**為什麼**不好。」

「別回答她，亞奇。」威波奶奶告訴兒子。「這不妥。」

威波鎮長沒理會他的媽媽。他在聽葛瑞琴說話，就這麼一次。他往後靠，手指交纏。他看似驚訝，而且不只一點點被逗樂。

「妳知道學徒都做些什麼。」他說。

「當然。他們和陰影住在一起：死亡、回憶、熱情。幫助他們。」

「對。」威波鎮長說。「像僕人，卑下的奴僕。他們服侍陰影，而且只為他們各自自私的理由：得到治癒某些病痛的承諾、消除難以承受的記憶，與他們無法獨力贏得的愛人結婚。他們太弱，沒辦法自己掌握這些東西，所以他們簽下合約，以自己的人生交換陰影的恩惠。所以他們只忠於陰影。我們首要則是忠於人民——總是如此。」

「對。但是維克瑞家的人也幫助人啊。他們是醫師。」

「他們是冒牌貨。他們自稱專業人士，但要說他們是醫師，就跟說海明威（Heminway）是政客一樣。」

海明威是他們家的西班牙長耳獵犬。牠十四歲了，眼睛總是泌出黃色黏液。

「那為什麼鎮上那麼多人去找他們？」葛瑞琴問。「**他們**似乎覺得維克瑞家的人還不賴。」

威波鎮長怒髮衝冠，高高挺直身子。「維克瑞給他們快速的解決方案，僅此而已；**聲稱**能夠拯救他們免於死亡，或是取走他們腦中所有糟糕的回憶。然而死亡與回憶無論如何總是會再找上門。那所有鎮民很快便會學到教訓。

「**我們**才真正站在人民那一邊，葛瑞琴。召喚者（Summoner）——我們維持平衡，妳懂吧，不僅是三個陰影間的平衡，也是陰影與人類間的平衡。遇到麻煩時，我們運用儀式為我們的城鎮調停。我們在我們的小鎮最需要時請求奇蹟、記憶與愛。我們的任務是神聖的。這是一份我們世代傳承的責任。」

葛瑞琴謹慎選擇接下來的字句。她得到爸爸的注意力——她無意浪費這珍貴的禮物。「所以，如果艾希．海斯汀死了，海斯汀太太又退休，那誰要當熱情的學徒？」

亞沙咒罵，雙手摩擦臉頰，低聲呻吟。「老天，葛琴（Gretch）。是誰在妳還是嬰兒時摔壞妳的腦袋？」

「多半是你。」她厲聲對他說。

「熱情會找到其他人。」威波鎮長說。「我們這個鎮不缺軟弱的人可供選擇。每個鎮各有三個陰影，每個陰影各一名學徒，再加上一個利用儀式維持平衡與仲裁的召喚者。世事就是這樣運作。一直如此，未來也將繼續如此。」

威波鎮長的語氣並不嚴厲，但顯得陳腐、老套。儘管葛瑞琴的爸爸不曾如此暢談家族事業——至少沒對身為次女、無召喚前途的葛瑞琴談過——這聽起來仍像一個他一再說到筋疲力竭的故事。葛瑞琴可以感覺到奶奶朝她的方向射來雷霆萬鈞的瞪視，但她不為所動。

「我有個同學是維克瑞家的小孩，你知道吧。他叫作里。你聽過他嗎？」

「親愛的，我連議會所有成員的名字都幾乎沒時間記起來了，更別提妳七年級班上的所有同學了。」

「八年級。」

糾正爸爸的不是葛瑞琴，而是亞沙。「她現在八年級了，爸。」

葛瑞琴眨眼，首先因**亞沙**居然知道她幾年級而感到震驚，其次是他居然會代替她糾正爸爸。

「很好，**八年級**。一樣，妳沒必要關心維克瑞家。離那個男孩遠一點。」

「但是**為什麼**？我是說，他們有什麼危險？」

「他們忠於——」

「對，我知道。」葛瑞琴打斷爸爸說話，得到奶奶責備的一眼。「但他們對**我們**做過什麼？」

威波鎮長皺起眉頭，這是一個葛瑞琴並不熟悉的表情。她的爸爸很少看起來像在努力找出合適的字句。他總是有信手捻來的回應，隨時準備好提供給記者、選民，甚至是家人。然而現在，威波鎮長看似遲疑了，經過一段漫長沉默他才開口。

「我們生來就是敵人。學徒或許以他們的方式幫助鎮民，但到頭來他們總會優先選擇陰影，我們則是選擇人民。就這樣。人生中有些事我們就是必須接受。」

「但是或許，」葛瑞琴說，「學徒知道一些我們不知道的事。或許我們可以跟他們學習。」

她清楚看見自己錯失爸爸的那一刻。真誠的凝視關閉，有如雙開門甩上。「別傻了，葛瑞琴。用這種方式思考成不了威波家一分子——就連像你這種永遠不會承擔家業的成員也一樣。」就這樣，他又成了威波鎮長——波恩山脊的高級召喚者。「請各位容許我告退，明天早上有五場會議，我還有一份只讀了一半的提案。」

他連碰都沒碰甜點就離開了餐桌。

亞沙在玩他的音樂，震耳欲聾。隆隆的重低音震得葛瑞琴的相框在釘子上顫動，不過她習慣了。一陣子之後，她甚至不會注意到呼嘯的吉他。

今晚，葛瑞琴坐在她的窗邊長椅上眺望波恩山脊。波恩鎮長曾對她說，她擁有家裡視野最好的房間。他的窗戶面朝小鎮的工業區；大蕭條時期，窮苦潦倒的工人蜂擁而至，而這地方現在看起來甚至比大蕭條還蕭條，全是被煤煙覆蓋的鐵窗。亞沙的窗戶面對後院，奶奶的房間根本沒窗。

不過葛瑞琴的房間是唯一朝南的房間，面向波恩山脊漂亮的那一邊——棋盤般的雅致屋舍，山胡桃木圍籬成蔭。葛瑞琴可以看見山胡桃木公園，一個黑色方塊，塞在房舍間。距離這麼遠，看不見警察的塑膠帶，但她知道封鎖線還在，標示出艾希．海斯汀死亡的位置。更遠之處聳立一排黑暗的樹——白楊林。

蟲子般的問題重回葛瑞琴心中，鑽爬、蠕動。牠們長得更大、更有自信了，不曾稍停。牠們一起在她心裡挖出一個想法。她無法動搖的想法，一如她寫在艾蒙森老師白板上的那首詩。她知道維克瑞家是她的敵人。她知道他們很壞。但只因為你是敵人，不代表你不**知道一些事**。有關死亡的事。有關另一名學徒：艾希．海斯汀的事。或許，葛瑞琴想，只是或許，只要她巧妙處理，敵人或許願意分享那些祕密；她的家人她則是根本連想都不用想。

*像妳這種永遠不會承擔家業的威波家人。*爸爸的字句螫刺她的耳朵內部，但她拒絕接受。無論有沒有他的幫忙，她都會找出真相。她會讓家人看看威波家的次女有什麼能耐。

葛瑞琴需要答案。因此，她決定，她需要跟里．維克瑞談談。

9

里

「冠軍跟我們一起坐！」

「對，里，聽到了嗎？今天跟我們一起坐。」

艾瑪（Emma）拖著里走向波恩山脊中學餐廳的唯一橘色桌子。那是一張糟糕的桌子，邊緣生鏽，底部黏有凹凸不平的口香糖，交通錐的顏色。沒人知道為什麼這張桌子不是跟餐廳裡其他桌子一樣的綠色；不過就因為這樣，里剛進入八年級時，受歡迎的孩子們便選定這張桌子當作他們的專屬座位。因此，這是學校裡最酷的一張桌子。

這不是里第一次受邀去橘桌。不過不同於橘桌的其他孩子，里從不表態。有些天他選擇跟全部一身黑的孩子一起坐在角落；有些天則跟真正聰明的孩子一起坐在點心車旁。還有些天他獨自坐在垃圾桶旁邊的桌子。里並不在乎自己坐哪，而這不知怎麼讓他顯得比那些受歡迎的孩子還酷。也因此，這會兒艾瑪和狄倫（Dylan）才會興奮地領著他前進。

「各位，」狄倫對其他坐在橘桌的孩子宣布，「我們的里剛剛創下新紀錄。繞整個操場只花四十七秒。比克里斯・安定（Chris Anding）快整整**五秒**！」

里紅了臉，在艾瑪旁邊坐下；他們離開操場後，艾瑪就對里羞怯地微笑個不停。

「哥們，」其中一個孩子說，「你肯定會去參加奧運。中學裡的羅傑斯教練知道吧？他會把你放進徑賽校隊。我哥也在校隊。他是全州賽四百米短跑冠軍。」

「那是什麼，里？」艾瑪手指他的紙袋內。

「布朗尼條。我媽昨天做的。來一個？」

「你人真好！」艾瑪大喊，從里的手中搶走甜點。「你應該都跟我們坐在一起才對。」

里微笑並聳聳肩。老實說，他沒那麼喜歡橘桌的孩子。他們很吵，對彼此很壞，而且男孩都用好多髮膠。里擔心要是他每天都跟他們坐在一起，他也得抹髮膠。而且，他其實比較想自己吃掉兩條布朗尼，沒那麼想跟人分享。

「嘿，里，」狄倫越過桌子說悄悄話，「現在別看，不過葛瑞琴・威波絕對在盯著你。」

原本低頭吃義麵沙拉的里抬起頭，還有半條麵掛在嘴邊。艾希莉・布朗（Ashley Brown）對著他咯咯笑。「里，你**好可愛**。」

桌子下，艾瑪占有地緊緊箍握住里的手。「閉嘴，艾希莉。」

里小心地轉過頭。相隔幾張桌子，葛瑞琴・威波和女子壘球隊坐在一起，正直勾勾地注視著他——直到他看回去，她才睜大眼並低下頭。

「老天，她瘋狂愛上你了。」狄倫竊笑。「說得通啊。運動員都彼此喜歡。」

「我不是運動員。」里說這句話時艾瑪也同時說：「葛瑞琴不是運動員。」

「她、是、個、怪、咖。」艾瑪接著說，強調地把每個字都說得清清楚楚。「很抱歉，不過這是事實。我聽說威波鎮長得賄賂校長不要把她退學，就跟之前為亞沙做的一樣。而且你們有聽說她在艾蒙森老師班上幹了什麼好事嗎？」

「我在場。」狄倫說。「那首詩很蠢，不過看到艾老師氣到發瘋很讚啊。」

里還在看葛瑞琴。他知道事實並非如狄倫所說，她絕對沒有愛上他——看看萬聖節那天晚上她是怎麼吼他就知道了。

「說真的，里，你怎麼能夠跑那麼快？祕訣是什麼？」艾希莉問。

「呃。」里說。「我只是完全讓我的腳自由發揮，知道嗎？我從有記憶以來就一直都在跑步。我幫自己計時，然後試著超越那個時間，再超越**那個**時間。所以嘍……就是這樣做到的。」

里沒有完全吐實。幫他計時的是菲力。

「你很常在樹林裡跑步嗎？」艾瑪問。「那裡一定很寧靜吧。」

事實上，里想這麼說，比起寧靜，應該用陰森來形容更恰當。不過他答道：「當然，那裡很棒。」

「說不定我們可以找機會一起去那裡玩？」艾瑪進逼。

里假裝沒聽到這個問題。維克瑞家的人並不鼓勵招待病患之外的客人。不是因為協議，他們只是知道死亡不喜歡訪客在附近徘徊。有一次，里的一位老師來家庭訪問，誤敲東側的門，接著便在前廊跌倒摔斷手腕——一場里知道出自死亡之手的「意外」。

「聽說你爸媽很酷。」狄倫說。「我媽之前喉嚨痛一直好不了，她去看你爸，到家的時候就已經好多了。不過你爸媽一定很常吵架。像是，他們曾經幫對方診斷出疾病嗎？」

「我媽是心理醫師。」里說。「她都只是聽別人說話而已。」

「葛瑞琴說不定該去掛個號。」艾瑪伸出一根手指在頭側畫圈。

里只是專心吃他的義麵沙拉。

放學後，里從後門離開。他沒搭巴士或等人來接——維克瑞家沒車。他都走路回家，切過操場朝白楊林走去。

今天他剛走到操場中央，某個硬物打中他的背。

「噢。搞什——」

里踉蹌幾步，差點撲倒在地。他轉過身，發現攻擊他的不是別人，正是葛瑞琴・威波。

「嘿。」她的語氣太過若無其事。

「唉唷？」里揉著肩胛骨之間。

「啊，得了。不過是輕輕一拍。」

里退後。「我不該跟妳說話。」

葛瑞琴微笑。「**我**也不該跟**你**說話。」

里退得更遠。或許橘桌孩子對葛瑞琴的看法是對的。盯著人看，還打人——或許她真的是怪咖。

「妳想幹嘛？」

葛瑞琴瞇起眼看他，彷彿想弄清楚他是不是一個錯別字。「你對艾希・海斯汀有什麼了解？」

「什麼？沒有。」

「但是你去了葬禮。」

「跟妳說過了，菲力和我去鎮上的時候總是會穿過墓地。」

「所以那是他的名字！**奇克**其實是**菲力**。他現在在哪？」

「他回家了。」里的臉因說溜嘴而轉紅，然後又因為說謊而變得更紅。「他不在鎮上了。」

「噢。好吧，我真的對之前的事感到很抱歉。我不知道他眼睛的狀況。」

里很緊繃。葛瑞琴．威波為什麼要跟他說話？是不是想整他？茱蒂絲警告過里，威波家的人都自私又奸詐。

「我不能跟妳說話。」里說。「我媽不會喜歡的。」

「或是你有什麼不可告人的祕密？」葛瑞琴走近一步。「我覺得你對艾希．海斯汀的了解比你透露的還多。她是學徒，你以後也會成為學徒。你一定**知道**得比別人多。」

「我沒有！」里大喊。「妳覺得只因為我出現在她的葬禮附近，就代表我知道些什麼？事情不是這樣運作的。我跟海斯汀家的人沒往來。我根本不認識他們。」

「我需要你幫忙。」葛瑞琴說。

「什麼？」里很確定自己聽錯了。

「我在調查某件事。」她就事論事地說。「可能會惹上麻煩，所以得找幫手。」

「但是妳來找**我**？我是學徒耶。」

「技術上來說不是。」葛瑞琴說。「你簽下合約後才是真正的學徒。也就是說你決定要簽的話。」她對著里驚愕的臉假笑。「沒錯，我做過功課的。」

「那……那沒什麼不同！妳依舊是召喚者。」

「呸。」葛瑞琴說。「**少**來，好嗎？我不帶成見，維克瑞。你為什麼就不能以相同的禮數回報？」

「因為妳家很糟。你們只想要錢和權，只要能弄到手，傷害誰都不在乎。」里對從自己嘴裡冒出來的字句感到訝異——控訴像彈珠般咚咚咚地滾出來。都是**真實**的字句，當然。茱蒂絲跟他說過那些事，而她不是騙子。

葛瑞琴的雙臂更加用力壓向自己胸口。「好。你想把我想成這樣？隨便你。我可不會說那些我所知有關**你家**的糟糕傳聞。」

「例如？」

「首先，你們是叛徒。陰影叫你們做什麼你們就做什麼，無論有多糟。**奉承的僕人**。我爸是這樣叫你們的。」

里的心臟開始重擊。

「**但是**，」葛瑞琴說，「我願意忽略那點，因為這件事比維克瑞家或威波家重要。」

「哪件事？」

葛瑞琴嘍地吸入一大口氣，「死亡殺了艾希・海斯汀。」

里目瞪口呆。「什麼意思？所有人都是死亡殺死的啊。」

「不。」葛瑞琴說。「不是**取走她的生命**。死亡**殺死**艾希。在她命定的時間到來之前。而我打算弄清楚是為了什麼。」

里不知該作何感想。只有菲力和媽媽會談論陰影。聽到葛瑞琴說出死亡的名字，彷彿死亡是一個活生生的人，感覺真是怪到極點。不過葛瑞琴言下之意——那甚至還更怪。

「就算死亡真做了什麼，」里慢慢地說，「我也不會知道。我跟回憶住在一起，不是他。」

葛瑞琴的眼中閃過一絲懷疑。「我以為你跟他們兩個住在一起。」

「呃。」里的耳朵發熱。「我猜我確實是。技術上來說。不過……」

「不過怎樣？」

他真真切切感覺他的耳朵這會兒肯定著火了，而且很快他的全身都會燒起來。他不該跟威波家的人說話，而且他肯定也不該跟他們談論協議，或菲力，或有關的**任何事**。如果葛瑞琴試圖拐騙他洩漏祕密，方才可真是傑出的一手。

里開始覺得內疚不安，儘管他很確定自己沒什麼好內疚的。害怕葛瑞琴可能做出的事，他不能再待在這兒了。於是他跑。他全速奔向白楊林，只回頭一次看葛瑞琴是否跟在後面。

她一吋也沒移動。她站在操場中央，雙肩垮下，彷彿剛剛打輸一場仗。

死亡殺死艾希・海斯汀？

死亡**殺死**艾希・海斯汀？

如果這是真的，菲力會知道些什麼？

四十七秒。里確信自己現在能夠打破這個紀錄了。

10

菲力

正如菲力預料，真正的十一月終於到來。暖意徹底消失。刺骨寒冷讓空氣轉硬，維克瑞家的雙胞胎沒辦法再舒舒服服地在前廊碰面。他們轉移陣地到屋後——一道窄廊，以玻璃與外面完全隔離，裝有生鏽的小火爐。

媽媽稱這地方為溫室。西側滿是蔓生的藤蔓、蘭花，以及來自亞馬遜的野生花種。東側除了塵土之外，空無一物。

今天，里坐在藤椅上讀書準備歷史考試。菲力平躺在地上研究一株白蘭花的莖。他們已經像這樣在平和的安靜中度過了半小時。有些日子裡，兩兄弟並不交談，只是陪伴著彼此。

菲力剛剛伸展雙腿，準備起身繼續工作，這時發出一聲嚇人的**匡啷**！他躲避，同時一個東西撞進他身後的蘭花盆栽。

「我們被攻擊了！」里大喊，一面用《世界歷史概論》護住臉。

菲力站穩後透過破窗朝外看，眼前是一個女孩。她的髮色黑如煤灰，嘴唇是驚人的一抹紅。顯然那顆飛入的球就是出自她之手，而她還在笑。就是那個在萬聖節吼他的女孩。葛瑞琴・威波。

「喔噢。」她的微笑加大。「看來我的壘球打壞你家的東西了。你們不邀請我進去，好讓我賠罪嗎？」

菲力拿開攤在里臉上的書。

「她來這裡幹嘛？」他低聲問。

不過里看起來跟菲力一樣驚訝。

「我進來嘍！」葛瑞琴說。

她躍上溫室的階梯，衝了進來。玻璃碎片在她的帆布鞋底嘎吱響；而她愈靠近菲力，菲力就退得愈遠。

「又是你！」她說。「你記得我，對吧？」

菲力記得。

他記得葛瑞琴扯開他眼罩時發出的厭惡驚呼。他記得非常清楚。

「妳為什麼不逃走？」菲力的腳跟已經抵住牆了。「打破人家窗戶不是都該這樣嗎？」

「我是鎮長的女兒，奇克。我有榮譽感。」她繼續前進，拉近距離。「不過我知道你的名字其實不是奇克。菲力才對。你這位朋友里告訴我的，對吧，里？」

里結結巴巴想解釋，雙眼害怕地瞪大。

「事實上，」葛瑞琴回想，「你跟我說他回家了。而他現在在這裡，你家。所以要不是他又來了，不然就是你說謊。你到底是誰，菲力？親戚嗎？」

葛瑞琴上下打量他，接著視線投向里。「你們看起來一點也不像。」她大聲判定。「對了，里，你們維克瑞家幹嘛住這麼偏僻？你們不怕一天到晚碰到毒常春藤嗎？或是被熊攻擊？我聽說有熊住在這裡。」

「這裡一頭熊也沒有。」菲力說。「而且除非妳是個徹頭徹尾的白癡，不知道怎麼辨識，否則不用擔心毒常春藤。」

「我想你得教教我了，菲力。我相信從現在起我們會花很多時間待在一起。」

「她在說什麼？」菲力問里。

「我怎麼知道！」里大喊，又用書蓋住臉。

「菲力。」隆隆的聲音說道。「外面發生什麼事？」

菲力轉過身。爸爸出現在門廊。

「這女孩打破我們家窗戶！」他說。「而且她不肯走。」

「哈！」葛瑞琴從菲力身旁擠過。「終於來了個大人。你是文斯．維克瑞，對吧？」她的手猛地刺出。儘管是在這樣的情況下，文斯仍頗平靜地與她握手，並說：「對。」

「『這女孩』剛好是葛瑞琴．威波。我是威波鎮長的女兒。」

文斯表情未變。「我懂了。」

「我來為我的破壞行徑賠罪。」葛瑞琴說。

「很好。我估計一片新的窗玻璃應該要花——」

「噢，不！不，我沒辦法**償付**。我沒那種錢，我也不能告訴爸爸或奶奶。不如死了算了。你知道的，你們可都是**維克瑞家**的人呢。」

「好。」文斯說。「這麼一來，我們陷入某種困境了，對吧。」讓菲力感到惱怒的是，爸爸竟看似頗被葛瑞琴逗樂。他沒聽見她說的話嗎？她是**威波家**的。威波家是**敵人**。文斯自己是這麼告訴菲力的。

「啊，並沒有。」葛瑞琴說。「你瞧，我或許沒錢，但我有大把空閒時間。我是班上最聰明的小孩，所以總是光速寫完功課。也就是說，我可以用勞動償還修理的費用。你們都喜歡這樣，對吧？一個威波家的人為你們幹活？我肯定對里和他這位朋友來說都大有幫助。」

文斯一僵。「里？」他輕聲說。

「欸，**對啊**。」葛瑞琴一隻手臂朝里的方向一揮。

一陣冰冷的悲傷緩緩席捲菲力。里剛剛便已放下他的歷史課本，正用力盯著文斯站立的位置。里和爸爸看不見彼此，當然了；這是協議的一部分。但不知怎地，**不知道怎麼回事**，里似乎總是能感覺到爸爸靠近。他現在像尊蠟像般靜立。文斯也靜靜站著。

「呃。」葛瑞琴說。「一切還好嗎？」

文斯搖頭。「對，不好意思。一切都沒問題。」

「嗯嗯。那，做些什麼呢？在閣樓做苦工？庭院雜活？洗窗戶？只要你覺得合適，要我做什麼來賠償都可以。只要你別告訴我爸這場小意外。要是被他發現我跑到這裡玩，他會把我禁足**一輩子**。」

文斯對著葛瑞琴瞇起眼。「那麼妳要不要解釋一下妳**為什麼**跑到這裡玩？」

終於，菲力心想。*他開始認真了。*

「啊。」葛瑞琴焦躁地玩起手指。「我不是間諜之類的，如果你指的是這個！我不會跟家裡說你們的任何祕密，我保證。」

文斯跪下與她平視。「我不確定妳有什麼企圖，威波小姐，不過請相信我，無論妳打什麼主意，那都是不智的。妳可能想反抗妳父親——妳這年紀的孩子都這樣——但妳不該來這裡反抗。這很危險。」

根據葛瑞琴表情亮起的樣子，菲力猜爸爸恰恰說了不該說的話。然而很快地，她又轉變為類似忿忿不平的表情。「什麼！我只是想用某種方式補償我造成的損失！」

文斯起身。「沒有妳能做的工作。現在，在樹林變暗之前回鎮上去吧，威波小姐。」

「這……地板！有夠髒！我可以幫你打掃乾淨！」

文斯抿起嘴。菲力只在一個場合看過爸爸露出這個表情：死亡站在病患床尾時——象徵病患注定死去。

「離開我家，威波小姐。」他堅定地說。「我會自付玻璃的費用，而且我不想再看到妳。妳或妳家的任何人。」

「**真的**很抱歉打破玻璃。那些植物不會死掉吧？」葛瑞琴手指蘭花與亞馬遜野花。

「我確定我妻子會確保它們活下去。」

這一刻，文斯看起來是如此難以言喻地悲傷，菲力不忍卒睹。他再抬起頭時，爸爸已經離開了，紗門在他身後扣上。他轉向葛瑞琴。「妳計劃好的，對吧？妳**故意**丟那顆球進來。」

葛瑞琴嗤之以鼻，盯著關上的門。「我想練習投球。」

菲力的爸爸警告過他不能信任威波家的人。為了達到目的，他們不擇手段，誰都可以騙。里擺脫凍結狀態，這會兒怒瞪著葛瑞琴。「這是為了艾希．海斯汀嗎？」他問。「跟妳說過我什麼都不知道了。」

「**你們知道**。」葛瑞琴大喊，手指兄弟倆。「而我會從你們維克瑞家的人身上找出真相，無論你們喜歡與否！」

就這樣，葛瑞琴．威波用力推開溫室門，橫衝直撞地離開。

「剛剛……是怎麼回事？」里低語。

「一點頭緒也沒有。」菲力轉向他的兄弟。「你為什麼沒告訴我，她有跟你說過話？」

「我……沒機會說。」

「她是**威波家的**人耶。」

「是啊，唉，沒想到她會跑來這裡朝我們家亂丟東西。我甚至不知道她想要什麼。」

菲力透過玻璃破掉的窗框朝外窺視，看著葛瑞琴消失在樹林中。「我也不知道。不過我很確定她是當真的。」

11

葛瑞琴

葛瑞琴的計畫奏效，雖然或許並不完全如她所想。首先，她沒預料到菲力會在那間房子裡。其次，她以為維克瑞家的人會更生氣，並堅持她至少要用一星期的苦工才能補償他們的損失。而且她更是沒預料到與文斯．維克瑞——一名**真正的學徒**——會面是如此可怕。不知道他們有沒有發現她的手在發抖。

最後一件不在她計算內的事，是在白楊林裡迷路。她花了整整一小時才找到白楊屋。一整路上她都在納悶，為什麼，有那麼多病患拜訪維克瑞家，竟沒有一條路徑直通他們家前門。每個病患都得自己在樹林裡開路嗎？他們是不是得通過這種毅力測驗才能接受治療？

當然，葛瑞琴很謹慎，去程用奶奶編織的毛線綁在樹上，才能原路回來。問題是，葛瑞琴已經有十分鐘沒看到任何記號了，而現在暮色愈來愈濃。要是她沒趕上晚餐，奶奶會大發雷霆。

「看到了吧？」她放聲對周遭傾聽的樹林說。「這正是奶奶該給我買手機的原因。我可能會

死在樹林裡，只因為我無法打電話求救。」

這論點很糟，葛瑞琴心知肚明。奶奶對葛瑞琴說過，她十五歲生日才會得到手機，不過她也嚴禁葛瑞琴進入白楊林。不可能說服奶奶給葛瑞琴手機，好讓葛瑞琴能夠更方便地違背奶奶的規定。

但奶奶不在這，樹也沒跟葛瑞琴辯論她的邏輯，於是她接著說：「八年級有一半的人都有手機了！如果奶奶不是像來自十六世紀之類的，她就不會——」

「妳在跟誰說話，瘋子？」

葛瑞琴尖叫。一個高挑、臉帶竊笑的男孩從一棵橡樹後冒出來。

「亞沙。」葛瑞琴倒抽口氣。亞沙只是繼續竊笑，不過葛瑞琴有點慶幸他出現。「你在這裡做什麼？」

「也可以問妳一樣的問題。奶奶會被妳氣死。」

「你不可以跟她說。**拜託**。她會把我禁足好幾週。」

亞沙只是朝矮樹叢啐了口唾液。「妳來這裡前就該想到這點了。妳剛剛到底在幹嘛，葛琴？」

「不干你的事。而且我不是故意迷路。我有留下記號，只是現在找不到了。」

「什麼？妳是說這個嗎？」亞沙拉開皮夾克諸多口袋其中之一的拉鍊，拉出一把毛線。

葛瑞琴瞠目結舌。「你跟蹤我？」

「我的小妹從她房間窗戶溜出來，沒告訴奶奶她要去哪。」亞沙露出完全不對勁的微笑。「我很擔心她。」

「你才不擔心！你為什麼要這樣對我？」

「妳又不是真的迷路。我只是覺得看看妳的方向感有多糟很好笑，而且讓我來告訴妳，真的很糟。妳在壓力之下並不太鎮定。」

葛瑞琴撞向亞沙腹部，但他文風不動。

「妳甚至沒惹上麻煩。」他說。「走吧，我載妳回家。」

葛瑞琴交抱雙臂，站在原地不動。「我走路。」

「晚餐會遲到喔。」

「你真是個混蛋，亞沙。我要告訴——」

「誰？」亞沙露出比先前更糟糕的笑。「奶奶？妳要跟她說妳跑來白楊屋鬼混？」

「我恨你。」葛瑞琴說。

「隨便。」亞沙手指林木間。「我們離主要道路只有一分鐘路程。妳從頭到尾根本沒事。」

正如亞沙所說，走不到一分鐘就來到主要道路，他的摩托車也在這。他們走到後，他跨上車，點頭示意葛瑞琴照做。

「沒安全帽我不上摩托車，你也不該上。」

亞沙看了看葛瑞琴；那一眼讓她感覺有如陷入泥沼。不過他下車，打開置物箱，拿起一頂安全帽正對著葛瑞琴的臉丟去。幸運的是，壘球讓她成為一個好捕手。

騎車回家的路上他們兩人都沒說話。就算葛瑞琴想跟她哥哥說話，亞沙直直穿過四向紅燈、鑽過一條又一條巷子，震天價響的引擎聲之下他也什麼都聽不到。

當他們來到卡佛街（Carver Street），亞沙繼續騎，路過而不停。他在想什麼？卡佛街是回家最快的路。從山胡桃木公園旁經過，轉上主街，再轉上第二大道，然後便直通他們家門口——騎車最多五分鐘。亞沙錯過這個轉彎也太詭異了，更詭異的是他接著又錯過克雷街（Clay Street）以及之後的卡洪街（Calhoun Street）。

「你在做什麼？」葛瑞琴大喊，但亞沙沒回應。

照這個速度，葛瑞琴心想，他們會完全錯過山胡桃木公園。而他們確實錯過了。亞沙轉上貴格瑞街（Gregory Street）；這條磚造公寓成排的街道與公園相隔整整一個街區。來到附柵門的鎮長宅邸車道前，葛瑞琴都沒再試圖開口。

「你為什麼繞這麼一大圈？」

「妳在說什麼？」亞沙把車騎進車庫。

「你完全避開山胡桃木公園。」

「那又怎樣？那公園看了討厭。那麼多黃膠帶。」

葛瑞琴對哥哥皺起眉。他露出醜惡的笑。

晚餐在沉默中結束，只被餐具輕碰的聲音與偶爾傳菜的詢問聲打斷。亞沙沒說話，跟平常一樣。威波鎮長忙於一疊工作相關的文件，也如常沒說話。奶奶除了偶爾訓斥葛瑞琴，要她別把手肘靠在桌上、喝湯不要那麼大聲、吃東西小口一點——一如平常，她也沒多說話。

一切都和平常一樣，但是葛瑞琴感覺有所不同。她拜訪了白楊林中的房子。她開口請**維克瑞**家的人幫忙。她不知道其他人能否從她的臉上看出來，看出她進食的方式有別於以往——撥弄食物，但只放一點點入口。

威波鎮長突然站起，收拾起他的文件。

「亞奇，**別鬧了**。」奶奶說。「不能等到上甜點嗎？今晚是脆皮水果派。」

「抱歉，媽。有工作要做。」

工作。

威波鎮長都用這個藉口，無論是要離開晚餐餐桌，或是錯過葛瑞琴的壘球賽。在家人面前，工作是文件、手機電話以及衣冠楚楚的過夜訪客。但葛瑞琴知道不只如此。爸爸還有許多工作是在家裡緊緊鎖上門的辦公室裡進行。她認為是跟陰影有關的工作。

大多數晚餐過後的夜裡，葛瑞琴會鎖在自己的房間裡，她會做作業或讀一本書。今晚，她有其他計畫。她走過木頭嵌板的長廊，朝爸爸的辦公室前進。雙開門緊閉，正如葛瑞琴預期。代表爸爸不想被打擾，而葛瑞琴並不打算打擾他。她只是想偷聽。

說到偷聽，葛瑞琴自認箇中高手。她從很小的時候就開始偷聽爸爸開會。有一個完美的地點——家裡的圖書室位於威波鎮長辦公室隔壁，其中位於兩座桃花心木書櫃之間的一道狹窄牆壁。葛瑞琴在那兒把玻璃杯貼上牆壁，耳朵再貼上杯子，就這樣偷聽。

她還小得多時——七或八歲——葛瑞琴是因為好玩而偷聽。當時她對祕密本身並不感興趣。通常跟議會報告、選舉宣傳與其他政治事務有關，都是爸爸和一些又老又無聊的男人在談話——鎮議會成員，偶爾有一位律師或法官，滿口葛瑞琴聽不懂的法律行話。

但隨著葛瑞琴漸漸長大，她懂得也愈來愈多。就算到現在，她偶爾還是會覺得祕密很無聊

——有關新紅綠燈和建築法規的話題。但也有些有趣的主題——允許某些表現良好的人出獄，或是付錢給《波恩先驅報》的編輯請他刊登某特定頭條。

葛瑞琴喜歡那種刺激、陰謀的感覺。但儘管刺激，她並不喜歡上週二聽見的，那則有關艾希．海斯汀的祕密。從那次開始，她每晚都到這面牆前偷聽，希望爸爸能夠再多談談相關話題，給她多一點線索推敲，當他告訴警長和驗屍官死亡因為自己的理由而殺死艾希時到底是什麼意思。然而目前為止運氣不佳。又回到減稅與拆除許可，以及鎮上尋常的瑣事。

不過葛瑞琴提醒自己，真實世界的神祕事件並不總是迷人。她確定夏洛克．福爾摩斯也有很多無聊的日子。要想讓葛瑞琴．威波打退堂鼓，一週的建築法規討論是不夠的。

今晚，爸爸的辦公室很安靜。葛瑞琴聆聽一分鐘，再一分鐘。有窸窣聲——金屬匡啷，還有重物撞擊的聲音。然後是更多寂靜。葛瑞琴不耐地嘆氣。她能夠忍受無聊，對，但不代表她會樂在其中。

另一分鐘過去，然後爸爸說話了。他平板地快速說話，彷彿在念誦一首詩。他低語的聲音太輕，葛瑞琴聽不出字句。她繼續等，終於聽見能辨認的話語。

「你要我做什麼？」

爸爸現在以正常音量說話，比正常音量**大聲**。聽起來像是在跟某人通電話。

「我知道條件。」威波鎮長接著說。「我沒有干涉。我什麼也沒做。還**不只**如此。我叫所有人都不要追查你的線索，你還想要怎樣？」

疑問和可能性在葛瑞琴腦中閃爍。有人在勒索爸爸嗎？是——

「妳以為自己在做什麼，妳這個小偷聽蟲？」

「**呃啊啊**！」

葛瑞琴失手放開玻璃杯，杯子隨著一聲輕輕的咚掉落在地毯上。她轉身仰望亞沙，嘗試吐出一個藉口。

「我沒有——那不是——我不是真的——」

吐不出藉口。不重要，真的。

「偷聽爸？」亞沙問，咧嘴露出駭人的笑。

堅持她並沒有偷聽是愚蠢行徑。

「我**沒有**。」葛瑞琴立刻便覺得自己愚蠢了。

亞沙撿起地上的杯子。「祕密工作就是**祕密**。」

「說得容易。你什麼都可以知道、什麼都能**做**。爸告訴你所有家族祕密。」

「妳似乎認為這是好事。」

「就**是**！而且你們都什麼也不告訴我，所以我得自己弄清楚。排行第二不代表我不聰明。你能做的事我都能做；我就是知道。我也能夠召喚！」

亞沙緊握玻璃杯，手上的血管突起。「妳不知道自己在追查什麼。召喚、儀式——它們並不如妳所想。」

「你怎麼知道我是怎麼想的。」

「**爸**，」亞沙拉高音調模仿葛瑞琴的語氣，「要是我們能跟維克瑞家**學習**呢？為什麼我們不能和平共處？」

「我說話才不像這樣。」

「但那就是妳提出的問題。妳相信那些所有我們為了波恩山脊好，而利用儀式的屁話。只不過儀式的用意並非如此。爸使用儀式的目的也不是如此。相信我，妳並不想知道我們真正的家族事業。」

「但我**想**。」

「哼，我不打算說。」

「是你提起的！」

亞沙沒說話，只是輕拍玻璃杯的底部。葛瑞琴決定改變戰術。

「亞沙？」她非常輕柔地說。「你做過嗎？用儀式召喚？」

聽到這個問題，亞沙看起來並不感到訝異。他似乎也不生氣，沒有什麼特別的情緒。「妳為什麼在意？」

「我只是想知道答案，就這樣。我總會在什麼地方找到答案。又不是說我碰得到《儀式之書》。」

她做了。她說出那幾個字：儀式之書。

他們說話這當下，距離它就只有幾呎而已。圖書室一扇彩繪高窗下的青銅臺座上，有一個上鎖的玻璃匣，匣內擺著一本攤開的書。金箔書名、易脆書頁、墨色插畫。這就是《儀式之書》，威波家所擁有最古老的一本書。根據爸爸的說法，這本書造就今日的威波家。

亞沙直視葛瑞琴雙眼。「或許妳現在不這麼想，但妳很幸運身為第二個孩子。真知道什麼對妳自己好的話就離那本書遠一點。離這所有事遠一點。」

葛瑞琴開口，但亞沙已經離開，還帶走經她測試過證實效果最好的一個偷聽杯。但葛瑞琴仍轉過身，單耳貼上牆，努力想聽清楚。她聆聽，等了好幾分鐘。鴉雀無聲。無論爸爸剛剛在談什麼，現在都已經結束，留下葛瑞琴獨自在這，沒獲得祕密，反倒產生一堆新的疑問。

12

里

「她在外面多久了？」

「說不定一小時？我不知道。」

「她幹嘛掃地？」

里看著媽媽，露出不安的表情。「她可能有提到做苦工？」

這天是週六，葛瑞琴．威波驚奇現身白楊屋的隔天早晨，而她回來了。她進入溫室，而且竟然在**掃地**！她不時把口鼻藏到臂彎中咳嗽，接著四處張望，彷彿預期有人出現。事實上，里剛剛是無意間發現葛瑞琴的出現，他當時正要前往溫室為學校的課業讀點書。他一看見她便原地凍結，接著跑進起居室警告茱蒂絲。這會兒他們倆在那兒透過後門觀察著她。

昨天茱蒂絲聽說溫室窗戶的事時就已經很生氣了，知道是**威波**家的人幹的，那更是氣上加氣。

「不知道亞奇博（Archibald）是怎麼了，居然派他最小的孩子來破壞我們家。」她是這麼說的。「我們一直都保持彼此都接受的距離。他沒必要當個壞心的懦夫，一副要**生事**的樣子。好像我們把自己的道德標準降到跟哈菲爾（Hatfield）和麥考依（McCoy）家一樣低了！」

里退縮。他當然知道哈菲爾和麥考依——兩個世仇家族，住在更遠的東邊。一般人大多知道他們長久以來的仇恨，但很少人知道真正原因——哈菲爾家是召喚者，麥考依家則是學徒。照茱蒂絲的故事聽來，當然麥考依家是正義的一方。

里沒心思告訴媽媽葛瑞琴的搗蛋並不是威波鎮長的錯，而是里自己的錯。葛瑞琴是跟蹤**他**；他也開始懷疑，在他同意幫助她調查那個荒謬的神祕事件之前，她是不可能放棄的。而他有一種感覺，一旦他答應，兩家人將會更加糾纏不清。

「想不通那孩子到底想要什麼，」茱蒂絲這會兒說，「不過她必須立刻離開。你去告訴她。」

「但她不聽！妳不知道她有多固執。」

「你怎麼知道？」媽媽瞇起眼，追根究柢地盯住他。

里嚥了口口水，聳聳肩。「她跟我上同間學校，就這樣。我看過她。」

「要是繼續這樣，我只能去鎮上親自跟威波鎮長談談了。很簡單——」

「不行！」里脫口而出，臉漲得通紅。「別跟威波鎮長談。不要……引起爭端之類的。我會

——我會處理。」

就這樣，里懷抱著不成為第二個麥考依的決心，他走到外面的長廊。門在他身後碰地關上，葛瑞琴旋過身，拿塑膠掃帚像壘球棒一樣揮動。里擋住臉。

「哇，**哇**！只是我而已！」

「啐！」葛瑞琴說。「又不會打到你。」

「看起來就是會打到！」

葛瑞琴似乎這才注意到掃帚的攻擊姿態，隨即放下掃帚。「抱歉。我開始懷疑是不是沒人在家了。」

「我們幾乎都在家。」

「噢，所以你們看到我在外面為我的犯行而**做苦工**，決定要當粗野無禮的人。」

「就算真有人粗野無禮，」里說，「那也是妳。妳不該回來這裡。」

「我看見窗戶補起來了。」葛瑞琴用掃帚指指以夾板擋起的破洞。「茱蒂絲沒花多久便想出臨時修補的辦法，玻璃匠預計週一才會來。「還覺得我是故意的？」她問，看起來莫名愉悅。

「誰知道。」里聳肩。「菲力肯定認為妳是故意的。」

「嗯，他很聰明。我確實是。」她又掃了幾下，然後停下來，嚴厲地瞪了里一眼。「菲力住在這嗎？」

「呃。嗯。」里努力想編出可信的謊，但只能說出「大概吧」。

「什麼叫『大概吧』？他要不住這，要不不住這。他是從外地來鎮上拜訪，還是怎樣？」

「不干妳的事。」里不喜歡自己說話的方式。他通常不會待人刻薄。是不是面對葛瑞琴才這樣？她誘發出刻薄的言行？因為她是威波家的人？

「老天，你真是粗魯。」她說。「而且試想，我可是在清掃你家的髒地板耶。」

「沒人叫妳清。明明叫妳**不要靠近**的。」

「我不太擅長守規矩。無論如何，要不是因為你剛開始時沒給我正確答案，我也不需要回來。」

「我回答過妳了。」里說。

「不是**正確**答案。而且你後來逃跑。真的很快，我必須說。你好像快得反常。有人跟你說過嗎？」

「有啊。」里咕噥。

「嗯，驕傲得很呢！只因為你在橘桌坐了幾次，不代表你有權力一副高高在上的樣子。」

「離開就對了，好嗎？」里惱怒地大喊。「我兄弟和我一點也不想和妳的愚蠢神祕謀殺扯上關係！」

葛瑞琴瞪大眼，然後尖叫。「**哈！**」

「怎——怎樣？」

「你兄弟？」她說。「你**兄弟**？」

里感覺到臉頰發燙。

「什麼？」他說。「我的意思是——」

「所以他**是**你兄弟！不過你們一點也不像。而且他為什麼不來上學？我為什麼沒在附近見過他？你爸媽想把他藏起來嗎？是因為——」葛瑞琴轉為嚴肅，低聲說：「是因為他的眼睛嗎？」

「我的眼睛怎樣？」

里太焦慮於說錯話，卻沒發現菲力站在東側的門後。

葛瑞琴也是，她嚇一大跳，掃帚都掉了。「噢。」她說。「不好意思。你好。」

菲力還待在紗門後。「我生下來就一眼失明。這沒什麼不對。」

「對，對！當然沒有。」葛瑞琴突然一副委靡的樣子。「我沒說有什麼不對。我原本根本不知道，在營火旁時，我發誓我不知道，不然我不會——」

「一副看到我就想吐的樣子？當然。我懂。」

「我一耳失聰！」里脫口而出。他不知道還能如何彌補他捅出的婁子。

葛瑞琴一臉好奇地轉身面對他。「真的嗎？」

「對，真的。」他輕拍左耳。「生下來就這樣。是協議的一部分。」

「什麼協議？」

「里。」菲力警告地說。「閉嘴。」

里不知道自己是不是該就這麼走進樹林，挖個洞，躲到葛瑞琴離開為止。她有一種可怕的方法，能夠讓他說出他不該說的事。

「什麼協議？」葛瑞琴興奮地追問。「跟誰的協議？有關什麼？」

「跟妳無關。」菲力交抱雙臂，推門走進溫室。

「我會守密！」葛瑞琴哀求。「我發誓不會告訴任何人。我根本沒朋友，沒有能夠洩漏祕密的**對象**！」

「不是——」不過里突兀地停住。一陣冰冷微風吹過他聽不見的那耳——一陣吐息，字句從中滑出。

「這裡不歡迎她。」

菲力也已取下眼罩，正盯著里身後，某個里看不見，但菲力能看見、菲力聽不見，但里能聽見的東西。

死亡站在溫室裡。

「什麼協議？」葛瑞琴又問了一次。「你們的爸媽跟惡魔訂立協議之類的嗎？」

「葛瑞琴，」菲力說，「妳必須離開。」

「她可以如此輕易地消失，」雙唇在里耳邊低語，「只要一吹或一剪，一陣不對的風，她的燭芯便會熄滅。要是她在她不該出現的地方窺探，提早或許會成爲她的命運。」

菲力看著里。「他說什麼？」

「**誰**說什麼？」葛瑞琴的視線在兩兄弟間來回。「你們兩個要把我嚇死了。」

「小女孩不該調查死亡事件。發生在山胡桃木公園的事是我的事，與他人無關。」

「菲力說得對。」里努力壓抑聲音裡的顫抖。「妳必須離開，立刻。」

「拜託，只要說你們會幫助我，我立刻走。」

里能聽見死亡從他身旁走開，接近葛瑞琴。菲力臉色刷白。

「滅掉這麼一根又高又明亮的蠟燭眞是遺憾。而且還是召喚者。太可惜了。」

「求求妳，葛瑞琴，**離開這裡**。」里懇求。

突然間，葛瑞琴大聲叫喊，往後撞上溫室門。門扣鬆開，她摔下階梯。

菲力大喊，里跟在他身後跑到葛瑞琴躺著的地方；她靜止無聲地躺在結霜的地上。她動也沒動。她沒說話。她的眼睛閉上。

「你做了什麼？」菲力對著空氣大吼。

長廊階梯上一個低微的聲音說：「當作是個警告吧。」里感覺到冷空氣拂過他後頸。死亡離開了。

葛瑞琴的眼睛眨了眨後睜開。「噢。」她緩緩坐起，搓揉右手肘。「**噢噢噢噢噢**。我想有什麼斷了。」

兄弟倆嘆氣，如釋重負。

然後菲力開口：「來這裡是妳自己的錯。」

里用手肘頂了頂他。「她確實**受傷**了。」他轉向葛瑞琴。「如果妳弄斷了什麼，我們的爸爸應該要為妳診治。妳，呃，妳覺得妳還能走嗎？」

葛瑞琴皺起臉，但點頭，在里的攙扶下站起，讓他扶著走上溫室的階梯。

菲力戒慎恐懼地跟在後面。「這……這不是好主意。死亡不想讓她待在這。他說他要她離開。」

「但她現在不是侵入者了。」里說。「她是病患。死亡不能因此而傷害她。來吧。」

里扶著葛瑞琴，一步步走向東側的門，突然大笑起來。

「有什麼好笑的？」菲力問。

「不知道。」

說真的，沒什麼好笑的。只是里忍不住心想，葛瑞琴不是剛好就希望發生這種事嗎？

13

菲力

「手肘扭傷。」

這是文斯．維克瑞的專業醫療結論，但從葛瑞琴又是嗚咽又是呻吟的模樣看來，菲力會以為她被拆成一萬片了。

「牧師不是該出現了嗎？」她在診療檯上哽咽地說。「不是該為我做最後禱告了嗎？」

「妳不會死。」菲力說。「少誇張了。」

「欸！你的病床服務態度是不是應該好一點？」葛瑞琴哀鳴。「里為什麼不能來這裡？至少他比你好。」

「爸……禁止他進入診療室。他有一次對藥草產生興趣，把它們全部混在一起，想發明他自己的藥。爸花了一輩子的時間才把藥草重新分好類。」

菲力很佩服自己在壓力下想出來的謊言。

然而葛瑞琴並不。「要是你爸錯了呢？要是我其實身體內部受到撕裂傷呢？要是我的脾臟爆炸了之類的呢？要是我的頭受到太重的撞擊，有什麼東西鬆脫了呢？」

「沒有，都沒有。我爸從不出錯。」

此言千真萬確。文斯從不出錯，因為**死亡**從不出錯。他剛剛跟著他們進入診療室；文斯檢查葛瑞琴傷勢時，他站在她的頭頂。如果死亡站在床頭，代表沒什麼好擔心。他站在床尾，才代表結果無可轉圜：病患將死去。

然而儘管這次只是扭傷，儘管死亡**今天**是站在診療檯好的那一邊，菲力還是雙臂寒毛直豎。死亡表現得很清楚，他不想要葛瑞琴再來。甚至此刻，他的冰藍雙眼仍閃爍著惡意。他輕蔑地看著葛瑞琴，撫平黑外套的翻領，儘管他的三件式西裝不曾有絲毫凌亂。

菲力蓋回眼罩。他看夠了。

數分鐘前，文斯帶著幾個裝滿藥草的罐子離開診療室。調煮緩解扭傷的藥湯並不難——菲力熟記那配方。不過文斯命令菲力留在診療室陪葛瑞琴。

或許是一種懲罰，菲力心想，懲罰他讓葛瑞琴回來他們家。但是，他的心情轉為苦澀，那又不是**他**的錯。葛瑞琴的意志如此強大，死亡不得不自己出手。

「希望妳學到教訓了。」菲力對葛瑞琴說。「現在知道不該來這房子附近打探消息了吧。不安全。」

「不安全？」葛瑞琴嗤之以鼻。「那是當然的，階梯那麼不牢固。現在想想，我可以提告。」

「但是妳並不會，」菲力說，「因為妳不希望妳爸知道這裡發生的所有事。」

瞧，這次辯論顯然是他勝出。

「好。」葛瑞琴說。「我或許不會提告，但不代表我不會繼續煩你們。我會每天來你家，直到永世的最後一個週六，直到里答應幫助我。想阻止我來，你扭傷我的手肘還不夠看。」

「不是我扭傷妳的手肘。而且像那樣侵擾別人是違法的。有種叫做私人產業的東西。」

「所以嘍！我不會擅入。我只會躲在樹林裡扯開喉嚨大唱〈落磯巔〉[1]，連唱幾個小時。」

菲力毫不懷疑葛瑞琴絕對會說到做到。他納悶著自己是否終究沒辯贏。他又翻開眼罩，發現死亡已經離開。多半出去赴什麼約了。不需要醫師開藥或照護的約。這種約只代表一種意義——死亡。

菲力蓋上眼罩，在葛瑞琴提出更多威脅前逃到廚房；爸爸正在爐灶上調煮沸騰的藥湯。

「可以快點結束嗎？」菲力懇求。「她快把我逼瘋了。」

「那麼你就不該讓她回來這裡。」

這會兒不在葛瑞琴面前——文斯跟病患在一起時總是沉著鎮定——他的語氣聽來嚴厲。

「我沒有**讓**她去任何地方！是她自己跑回來的。」

「她惹惱死神。」

「我知道。」菲力悲慘地說。「里說死神把這當作一個『警告』。」

「那你最好確認她離得遠遠的。就算她的動機良善——根據她的血緣，我嚴重懷疑這種可能——她還是不能來這裡亂晃。」

菲力忽略心裡不安的感覺。「不過威波家不是自己也會跟死亡打交道嗎？用儀式？」

這兩個字說起來有種苦澀的味道。爸爸多年前教過他有關儀式的事——召喚者用來跟陰影溝通的咒語。

「顯然葛瑞琴的父親這幾年來都有跟死亡打交道。」文斯說。「現在說不定連他兒子也在做了。但是葛瑞琴年紀還太小。」

「不過死亡不會……你知道的，**殺死**她嗎？」

文斯猛地抬頭。「你跟我一樣都知道：死亡只能在命定的時間取走生命。」

「我知道，我知道。」菲力咕噥。

---

1. 原文Rocky Top，田納西州的州歌之一。部分人相信歌名Rocky Top為大煙山一處不毛頂峰。

他真的知道。他這十三年的生命中見識過夠多死亡了。真相是，並非所有死亡都很糟糕。有些甚至很平和。有些病患因年歲而老邁憔悴，過世時臉上帶著接受的微笑，摯愛的人在身旁握著他們的手。

菲力知道這就是死亡的行事方式——只取走命定時間已到的來者生命。

然而他忘不了死亡發怒的眼神，就在他把葛瑞琴推下溫室階梯之前。他看起來……滿懷**殺意**。彷彿那無關命定的時間，而是更私人的事務。

「拿去。」文斯把一個裝有熱騰騰藥湯的陶碗交給菲力，接著一隻手放在他的肩膀上。

「她不能再來這棟房子。」文斯說。「你一定要確保她不再回來。」

菲力點頭。他用著手套的雙手捧住陶碗，朝診療室走去，準備好再度面對葛瑞琴。

「好。」他一邊說一邊走進去。「妳必須整碗喝下去，不然——」

菲力突然頓住。他四處張望。

葛瑞琴不見了。

14

葛瑞琴

她從窗戶逃走。

坐在那個寒冷的房間裡，跟一個名叫菲力的超現實男孩爭論，而她來這裡真正要找的卻是另一個名叫里的超現實男孩，她真是受夠這種狀況了。於是她把握機會溜之大吉。

她的右臂陣陣抽痛，彷彿亞沙那些重金屬音樂裡的貝斯；但只要稍微咬緊牙關，沒什麼葛瑞琴忍受不了的。於是她格外用力地咬緊牙關，滾下窗戶進入溫室，受傷的手肘撞上某個意料之外的東西。

「噢。」結果那東西是里。

「你站在窗戶外面做什麼？」葛瑞琴問他。「你這樣超詭異的耶。」

「噢。」里又哀了一聲，一面揉著下巴。

「菲力說你禁止來這裡。是真的嗎？」

里不屑一顧地點頭，指指葛瑞琴的手肘。「怎麼樣？」

「扭傷。不過你爸根本一點也不懂怎麼治療扭傷。他一直在隔壁弄某種湯，而我真正需要的其實是冰敷。」

「他不是一般醫師，是整體療法。總之——」

「所以這個協議是怎麼回事？」

里看著葛瑞琴，彷彿她說話的音頻太高，他聽不見。「不知道妳在——」

「錯，你知道。我很聰明，里．維克瑞。我都知道了。你騙不了我，無論這個協議是什麼，結果就是你看不見你爸，對吧？你甚至不能進入你爸那一邊的家。這多半表示**菲力**也不能來**你**這一邊的家。對吧？」

里一副快嘔吐的表情，但沒說一句話。

「沒關係。」葛瑞琴哼了一聲。「我想做的只是幫助你解決**你的**問題，因為你顯然不喜歡這個協議，而你自己處理不來。我原本可以告訴你陰影的事。只有召喚者知道的事。我原本甚至還可以讓你看看《儀式之書》。不過沒關係，我走。**永遠不回來**。」

葛瑞琴從里身旁擠過，猛推開溫室門，走下階梯。她這次可能太超過了。提起協議——分明就是維克瑞兄弟不該談論的事——原本像是個好主意。里會上鉤的餌。不過到頭來可能是個愚蠢的做法。

此外，葛瑞琴無疑也不該提到任何和《儀式之書》有關的事。只是字句就這樣滾出，她來不及把它們抓住塞回自己身體裡，也就是它們的歸屬之地。所以或許，到頭來她最好還是離開，另尋他——

「葛瑞琴，等等！等等，**等等！**」

葛瑞琴知道里有多快。他在第三個「等等」之前便已追上她。

「等一下。」他喘氣，在她前面兜圈子。「妳會讓我看《儀式之書》？」

葛瑞琴的內心一縮，但仍回答「當然」。

里雙眼圓睜。「那不是最高機密嗎？」

「欸，我是威波家的人，好嗎。所以我知道怎麼弄到手。」

葛瑞琴頗肯定這是個謊言，但又不是**完全**肯定。她知道《儀式之書》在哪，不過弄到手就比較棘手了。爸爸才有鑰匙。

「但是——」里結結巴巴地說。「難道沒規定我不能看嗎？」

葛瑞琴聳肩。「只要不讓我家人知道就沒差吧。」

「我想也是。」里的音量轉為低語，彷彿他們並非身處無人森林，而是在一個擁擠的房間，有遭偷聽的危險。「是真的嗎？妳真的知道有關陰影的事？」

「當然。」葛瑞琴的臉莫名刷紅。「而且我還知道一大堆有關儀式的事。你呢？」

里搖頭。

「**看吧**。」葛瑞琴。「我無所不知，而且還可以跟你分享。只要你以幫助我作為回報。」

「所以……妳想要交易。」

葛瑞琴皺眉。「我會說是條件交換。你替我做事，我也替你做事。」

「儀式。」里說。「妳覺得會有一條能夠打破協議嗎？」

葛瑞琴決定她至少要有一點點誠實。「我不知道。」她坦承。「尤其我不知道你們那個愚蠢的協議到底**是**什麼。不過……我們可以找出答案。」

「如果我幫妳。」里噤聲。他回頭看，又一副可能有人在偷聽的樣子。他保持安靜了更長一段時間，最後說：「好，我加入。」

葛瑞琴揚起眉。「真的？」

「對。」

「就算我姓威波？」

「別逼我反悔。」

葛瑞琴終於相信他。「那就說定了，里．維克瑞。懂嗎？你剛剛對我立下**承諾**了。」

「對。也就是說，妳也對我立下承諾。妳會讓我看《儀式之書》。」

「當然。」葛瑞琴說。「我就是這麼說的。」

現在只剩下把她「頗肯定」的謊言化為真實這個小麻煩。但可以晚一點再煩惱。

「嘿！**嘿！**里，她在做什麼？」

葛瑞琴嘆氣。事情就這麼一次順利進行，所以當然菲力**會**來攪局。他跑到他們身旁；葛瑞琴心滿意足地注意到速度遠比里慢多了。

「我正要離開。」她說。「而里終於……合宜地……**明智地**同意幫助我。所以一切都很棒，謝了。」

「妳忘記喝妳的藥。」里遞出一個裝滿暗褐色液體的碗。

葛瑞琴噁心地盯著表面飄浮著細碎植物的藥湯。她發出細小的乾嘔聲，揮手拒絕。「省下你的魔藥吧。我的手肘現在甚至不那麼痛了。」

「剛剛還真騙過我了，說什麼要找牧師。」菲力嘲弄地笑了笑。

「週一放學後見。」葛瑞琴對里說，徹底忽視菲力。「操場靠本壘的看臺。」

「操場靠本壘的看臺。收到。」

「怎麼回事？」

看到他一副搞不清楚狀況的樣子，葛瑞琴覺得心滿意足。「不干你的事。」她熱誠地說。「回頭見，里。」

葛瑞琴這次不會迷路。她剛剛特別用心觀察周遭，第二次要記住回程的路線也比較容易。她會在午餐前回到家；要是奶奶問起手肘，她會說是練壘球時受的傷。

現在，一切肯定都照計畫進行。

走回第二大道大約要半小時，因此葛瑞琴有許多思考時間。脫口說出《儀式之書》的事已經夠糟了，她現在等於還答應要讓里能夠拿到那本書。無論白楊林那棟房子受什麼古怪協議支配，她真能幫他打破嗎？再者，協議到底**是**什麼？她或許已推敲出部分，但她也覺得應該不只是一個施加於房子的咒語。而且，有誰聽過這種事——一棟分成兩半的房子？

葛瑞琴回想發生在溫室裡的事。兩個兄弟和她的距離都沒有近到足以把她推下階梯，而她絕對沒有自己失足；葛瑞琴姿態端正，而且平衡感絕佳——威波奶奶掛保證。葛瑞琴是被推下去的。在她失去平衡、摔倒之前，她感覺到肩上的冰冷壓力。

「陰影的感覺就是這樣嗎？」葛瑞琴放聲說。「他們說死亡不要我待在那。是……死亡把我推下去的嗎？」

葛瑞琴一點也不喜歡這個結論。她寧願想像推她的是一個隱形吸血鬼，或甚至某個斧頭謀殺案心存報復的鬼魂。若說推的是**死亡本尊**……

「但那是唯一理性的解釋。」葛瑞琴對著一棵棵無葉的樹大聲說。「只是我也不知道『理性』是不是最好的說法。我很確定大多數理性的人都不相信陰影，認為看不見他們。不過如果是死亡，那也是行為不端的陰影。他應該只在命定的時間取走生命才對，而非把人推下階梯。所以如果下手的是死亡，他的行為就是錯的，而艾希．海斯汀死了，爸又說是死亡殺了她……這整件事有什麼不對。」

樹木們沒有回應。

「也有可能是我想太多。」

葛瑞琴繼續走。幾分鐘過去，又幾分鐘過去，樹木轉為稀疏。就在遠處車流的聲音觸及她耳朵的同時，葛瑞琴瞥見前面有個東西，就擋在她路上。她緩緩停下，瞇起眼細看。

一隻狐狸。

獨自一狐，又小又溫和。兩個耳朵像雙胞胎山巔一樣豎起，毛呈灰色有斑點。葛瑞琴靠近幾步，狐狸沒動，黃色眼睛直勾勾盯著她。

「你好啊，小東西。」葛瑞琴走近一步，再一步。

灰狐消失。

並非跑走，而是就這麼**消失**，彷彿牠不過是手電筒的光束，而這會兒關掉了。葛瑞琴揉揉眼睛，走到狐狸原本站立的位置。她用腳尖戳了戳腐敗的落葉，那兒，腳下，有一個正圓形的小煤球。她捧起煤球。

「還以為你是狐狸。」她對煤球說，覺得自己蠢蠢的。「我**發誓**你一分鐘前還是一隻狐狸。」

不過當然了，它沒回應。沒想清楚自己拿這麼個紀念品要做什麼，葛瑞琴已把煤球滑入外套口袋，繼續往前走。

15

里

里坐在本壘側最高的看臺座位。操場蒙上薄霧，濕度足以讓椅子變得滑溜，但又還不足以讓里覺得能夠理所當然地撐傘。他倒是拉緊連帽外套的抽繩，雙臂在膝蓋上交叉，繼續等待遲到的葛瑞琴。

他和菲力上一次試圖打破協議時也是在像這樣的一天——灰沉沉、濕淋淋。到現在已經過了幾乎兩年。在這兩年中，里長得更為瘦長，智慧也增長了一點點。他現在了解當初的嘗試有多愚蠢。兩個十一歲的男孩怎麼可能智取**陰影**？陰影耶！他們可是長生不死又強大，而且根本不是人。陰影！能夠改變你心智運作與心臟跳動的方式。

不過當時里還是說服菲力和他一起逃進白楊林，躲在那兒直到死亡和回憶讀到他們的紙條：

打破協議，否則你們別想再見到我們。

那一年，上六年級歷史課時，里的老師教他們**制衡作用**。制衡作用，貝比特老師（Mr. Babbitt）說，就是對你有利的條件。你可以選擇要交出或保留的東西。例如：美國殖民者制衡喬治國王和國會的條件就是他們的購買力。如果他們不買茶葉、印花和其他英國運過來的高稅商品，喬治國王就得聽他們發牢騷，他們才會再買東西，國王也才能拿到他的錢。

當時里認為這是一個絕妙的點子。畢竟他和菲力確實有制衡的條件。他們這輩子都和死亡與回憶住在一起，接受訓練以承接家業。找新學徒是件困難的工作。死亡和回憶都知道；無論如何，他們都得讓維克瑞兄弟簽下各自的合約。但若菲力和里**逃跑**，死亡和回憶的學徒就會落空。他們的**存在**本身就是制衡條件。

里沒算到的是喬治國王並沒有聽美國殖民者發牢騷。他派出軍隊。

里和菲力只勉強在樹林裡待了兩天，躲在一個臨時搭出來的帳篷裡，在一陣冷鋒來襲之前；他們冷得發抖，滿心渴望煮過的食物，還被林子裡疑似狼嚎的聲音嚇得半死。他們千辛萬苦地回到白楊屋，滿心期待他們的消失至少讓陰影心生動搖。

動搖的只有文斯和茱蒂絲．維克瑞。除此之外，一切如常。死亡和回憶不受影響，協議也仍在。更糟的是，懲罰等著兩個男孩。回想起待在遺忘池塘那段時間，里還是忍不住打顫——一個無月之夜，獨自與數十個回憶相伴，大多都是沒人要的壞事。至於菲力，他面臨的狀況總是比較糟，而這次更是尤有甚者。死亡把他鎖在地窖，不給他食物和水，就這樣整整一日一夜——獨自一人，除了死神那些燃燒的蠟燭之外，什麼也沒有。

制衡，里暗自決定，根本就是有史以來最愚蠢的概念，只適合存在於歷史課。

然而。

里雖然嘴巴不說，但心裡總想著協議。他醒著躺在床上時想，聽回憶哼著無詞的悲傷歌曲在屋裡走動時也想。一旦里拒絕合約，他可能會走上徑賽明星的生涯，在奧運飛馳；或是成為知名作家，或是一名高中老師，或是十五個孩子的爸爸；但他再也見不到爸爸，爸爸和媽媽也再也見不到彼此。因為事情就是這樣。

然而。

從他年紀還小的時候開始，他就知道威波家了。**自私鬼**，媽媽這麼說他們。**沒原則**。召喚者是為個人利益而利用陰影的投機分子。他們視死亡、回憶與熱情為需要加以束縛並屈從於人類的力量，而非人類可以向其學習、與其合作的存在。而且召喚者站在金字塔頂端與象牙塔裡，輕視一般的學徒，並把**他們**視為低下的人那樣對待。這些里都知道。

然而。

在無燈的夜裡，他不時思考，如果像威波家這樣的人**看待**陰影的方式有所不同，或許他們對陰影的了解也有所不同。或許他們知道一些他不知道的事。

里無法打破協議。他試過但失敗了。但或許其他人能做到，或許就是那個他不該扯上關係的人。

菲力不喜歡里和葛瑞琴的交換條件。那天早上，他花了大半小時試圖說服里退出。到最後，里跟他說這交換能夠確保葛瑞琴遠離白楊屋，這才讓菲力冷靜下來。如果葛瑞琴跟里待在鎮上，她就不會老想著做出任何蓄意破壞或打掃等出人意表的事，對吧？死亡也不會老想著要對葛瑞琴做出什麼比「威脅」更嚴重的舉動。想到這，里打了個冷顫，更加用力拉扯抽繩。

「完美的天氣，對吧？」

葛瑞琴來了。她穿著亮綠色高筒雨鞋大步爬上看臺，在里下方幾排處停下；站在這個位置，她得以用意味深長、打量的視線鎖住他。

里抹掉鼻水。「看不出哪裡完美。」

「因為我們要解開謎題。」葛瑞琴用大人教小孩認字母的耐性說道。「而謎題是莊重的事務，就該搭配灰色天空和打雷。」

葛瑞琴真的發瘋了，里暗自判定。

「我們這樣交換，維克瑞。」葛瑞琴說。「你幫我，我幫你。如果一切照計畫進行，我可以在聖誕節前找出一條可以打破你家協議的儀式。但在那之前，你和我要去一趟實地考察。」

「去哪裡實地考察？」里看見葛瑞琴背上那個又大又笨重的背包。

「山胡桃木公園。」

「那不是……發現艾希．海斯汀屍體的地方嗎？」

「沒錯。」

里有一種非常**不妙**的感覺。「路程很遠。」

「對，天才，很遠。」

葛瑞琴大步走下看臺，里遲疑地跟上。

「我想那地方應該還在封鎖線內。」里說。

「大部分都重新開放了。只有懸崖還禁止進入。他們說不安全。」

「嗯，那是當然的，畢竟她都摔下去了。」

葛瑞琴突然轉身，害得里差點撞上她抬起的下巴。

「那是他們**說**的。」

「呃。那不然妳覺得發生什麼事？」

「警察、驗屍官，還有報紙——所有說艾希墜崖的人——有一個共通點：他們都聽令於我爸。」

當然啊，里心想，這鎮就是威波鎮長管的。他有錢有權，沒人敢違背他的意志。聽見他控制警長、驗屍官與《波恩先驅報》一點也不令人意外。不過，如果里沒誤解葛瑞琴說的話，那表示——

「妳認為妳爸和這件事有關？妳認為他和艾希．海斯汀有什麼關聯？」

「我不知道。」葛瑞琴說。「我們就是要去找出答案。」

「好，但怎麼找？」

葛瑞琴繼續往前走。「等等就知道。」

「所以妳有一個我應該要幫忙的偉大計畫，卻不告訴我到底是什麼。」

「加快腳步，維克瑞，好嗎？我們可能隨時需要逃跑、躲進狹窄岩縫，甚至可能需要揍幾個人。你必須進入比賽狀態。」

里不喜歡被人說速度慢。這樣說不僅刻薄，而且遠離事實。

「我沒必要做這件事，妳知道嗎。」他生氣地說。「妳大可稍微友善一點。」

「我出任務時一向不友善。正事重於善意。記住這句警語，維克瑞。睡覺時念誦。而且沒錯，你必須做這件事，如果你想打破你家的協議。條件交換，記得嗎？」

里希望葛瑞琴是對的。

「我們可以談那件事。」葛瑞琴說。「何不談談你家的那個小協議？」

「**不要**。」這兩個字脫口而出的速度連里自己都感到驚訝。嗯，正事重於善意，不是嗎？

「你不跟我說協議是什麼，我沒辦法幫你打破它。」

「我還不相信妳。妳有可能在騙我。」

「騙你做什麼？」

「像是，從我這裡騙取資訊，回報給妳爸。」

葛瑞琴笑得好大聲，還用鼻子哼了好幾次。咯咯笑聲平息後，她說：「你嚴重高估威波家親子關係。」

「無論如何，我就是還不相信妳。」

葛瑞琴嘆氣。「我猜這很公平。我就絕對不相信你。」

里還想說點什麼。他想問葛瑞琴對學徒到底還有什麼了解，因為老實說，他對召喚者的了解微乎其微。他聽過儀式——召喚者藉此號令陰影。媽媽跟他說過，那些是古老的咒語，在世界初創時由邪惡的巫師創立，不過里自己沒親眼見識過儀式，他也懷疑媽媽說不定只是說出她聽過的謠言而已。儘管里不願承認，他有時候會懷疑，如果威波家和維克瑞家的處境實際上並不是有那麼大的不同，或許儀式和支配他人生的協議也沒多大的差別。

里有好多問題想問，但他保持沉默；到山胡桃木公園剩下的路途中，他和葛瑞琴都一言不發。葛瑞琴自顧自吹口哨，似乎並不介意里一臉怪異地看著她。

他們終於來到公園入口，而且正如葛瑞琴所說，「禁止進入」的膠帶已從樹木間切斷。就算如此，公園仍荒無人煙。沒有玩耍的兒童、沒有慢跑的情侶、沒有被帶出來散步的狗。只有潮濕、覆蓋一切的泥土與高挑、樹枝光禿禿的樹木。天空下著毛毛雨，低垂的霧漫向他們的帆布鞋。

「走。」葛瑞琴抓住里的手，拖著他沿一條碎石慢跑小徑前行。要不是葛瑞琴把他的手握得那麼緊，他應該會對於他們兩個正手牽著手的這個事實感到更加不自在。「噢。」他扭動手指。

葛瑞琴的回應是「別孬了」。

他們又走了幾分鐘，葛瑞琴突然離開小徑，帶里走進糾結的林木間。地面朝上陡斜，鋪上一層落葉。葛瑞琴終於不得不放開里的手，她自己上坡時才好保持平衡。他們一直上爬，里滑倒好幾次，腿脛一直撞上樹根和岩石，兩條腿弄得一團糟。最後樹枝轉為稀疏，落葉層也換上碎石，然後是……什麼也沒有。他們距離一處懸崖只有幾呎。那座懸崖。綁在樹上的黃色膠帶形成一個脆弱、隨風飄動的圍籬。

葛瑞琴拉高膠帶，示意里從下面鑽過去。

他沒動。「妳沒說我們是要來**這裡**。」

「什麼這裡？」葛瑞琴無辜地眨眼。

「這地方……」里壓低音量。「她**死掉**的地方。」

「不然我們還能去哪？如果你要進行調查，第一個去的地方就是犯罪現場。」

里瞇起眼。「只有妳說那是一場犯罪。」

「少來了維克瑞。你到底要不要做？」

里猶豫不決。他想著協議。他想著賽跑時有爸爸在旁邊加油會是什麼光景。他想著全家、一個都不少地在晚餐餐桌上吃媽媽做的乳酪餅會是什麼光景。

他從膠帶下鑽過。

「很好。」葛瑞琴拉開背包拉鍊，從裡面拿出兩個手電筒，一個交給里。

「要用來做什麼？」里問。

「當然是調查嘍。今天太陽沒站在我們這邊，所以我們得額外聚精會神。我從懸崖的左側邊緣開始，那裡。你從右邊，那裡。發現任何不尋常的事物就大聲喊我。」

里扮了個鬼臉，不過葛瑞琴已意志堅定地朝她那邊的懸崖走去。雨勢漸漸加大。葛瑞琴想怎麼說都可以，但里剛好認為這是最不適合到致命懸崖邊上走動的天氣。他的每一步都踩在距離懸崖邊緣絕對安全的位置，他注意到葛瑞琴也一樣。

除了雨水浸濕的草之外，他的手電筒光束沒透露出多少線索。沒有腳印，里也說不出有什麼東西不尋常，因為根本不知道什麼稱得上尋常。揮動手電筒好幾分鐘且一無所獲之後，他看向葛瑞琴；她這會兒站在距離邊緣較近之處。他想大喊叫她退開一點、很危險，但又擔心突然大喊反而更危險。

葛瑞琴用手電筒照射地上的一個東西，隨即跪下拾起。里趕到她身旁。那是一本橫格筆記本，滿是細小的潦草筆跡。紙張在雨中變得軟爛，但墨水沒有暈開。他認出那一頁最上面的文字：許願儀式。

儀式。

里張開嘴，發出一個近似啵的聲音。

葛瑞琴嚇了一跳，手電筒直直照入里的眼睛。「搞什麼，維克瑞？盡量不要當個怪咖好嗎？」

她合上筆記本，起身，拖著步伐離開懸崖邊緣幾步。

「那是什麼？」

「不知道。我是說，看起來像是……我不知道。」

葛瑞琴眉頭深鎖，潮濕黑髮貼在臉頰上。她把手電筒夾在腋窩，又打開筆記本。

「這裡。」她示意里。「手電筒照過來。」

里照做，葛瑞琴調整角度好讓兩個人都能看見。她緩緩翻頁。滿是黑色字跡——有些是里無法辨識的鬼畫符。有些比較整齊可讀，就像他剛剛看見的標題：許願儀式。葛瑞琴翻到類似的標題：長憶儀式、第二次機會儀式，還有罪愆儀式。標題下是看似食譜材料的清單，清單下另有工整的文字，都不超過六行。這讓里聯想起什麼。

詩。

看起來像詩。

罪愆儀式後空無一物。葛瑞琴翻了好幾頁，都只有空白。

「這些不可能是……**真的**，對吧？」里問。

「當然不是。只有召喚者知道儀式。只有我們擁有《儀式之書》，拜託好嗎。這只是……我是說，這只是……創意書寫。」

葛瑞琴剛開始聽起來斬釘截鐵，不過現在很明顯：和里一樣，她也不知道眼前這是什麼。

「你覺得這是艾希的嗎？」里不知道自己為什麼要壓低音量。

「不知道。」葛瑞琴也低聲說。

她碰觸有字跡的最後那一頁，標題是罪愆儀式。里讀出詩的一部分：

你的惡夢將侵擾你的睡眠。

你的惡行將找上你，有如黎明吞食黑夜，

雷聲隆隆，低沉響亮，震動里的胸腔。葛瑞琴在說話。她正在放聲讀出那首詩。或許是因為雨和雷，也或許只是他焦慮亂跳的心臟，不過里很肯定念誦這首詩**不是**好主意。

「我覺得你最好停下來！」他在暴雨中大喊。

葛瑞琴沒停。

「你的謀殺將追蹤你，」她接著念，「尋求正義的罪。」

雨下得更大了，像尖銳的子彈般刺進里的皮膚。他關掉手電筒，但太遲了。葛瑞琴已經看見最後一行，正在暴雨中放聲吼出：

「你的化身將會來自——」

深處。里知道這是詩的最後兩個字。只不過葛瑞琴沒念出來。在她念完之前發生了三件事，而且是同時。

震撼的雷鳴。

地面在里的帆布鞋下移動。

葛瑞琴尖叫。

里發現自己往後倒，雨突然變成重重敲打他的眼皮並灌入鼻子。他過了好幾秒才能夠坐起、抹掉臉上的水。在這之後，他卻發現葛瑞琴不見蹤影。

然後——

「里！」回音縈繞的聲音在尖叫。「**里，救命！**」

聲音來自他腳下。懸崖邊。

里爬向葛瑞琴的聲音。小石頭在他的掌跟下滾動，掉下懸崖。霧太濃，里看不清下面的深谷。他不**想**看清；還沒看清就已經頭昏眼花了。然而他不能頭昏眼花。葛瑞琴．威波身陷麻煩。

結果懸崖並不是垂直陡降。泥土地面剛開始大幅傾斜，而後轉為崎嶇岩石，然後才垂直陡降。葛瑞琴就是掉在這片斜坡，現在正徒勞地嘗試往上爬。她的腳懸在懸崖真正的邊緣外，努力想找到踏點卻滑開，灑落一陣鬆脫的石頭。

「撐住！」里大喊，湊近懸崖邊。

葛瑞琴伸出一隻手，而他緊握住她的手腕。

「噢！」葛瑞琴尖叫。「你要把我的手扯斷了啦！」

「另一隻手給我！」

不過葛瑞琴的另一隻手還拿著那本筆記本，她不打算動。

「**葛瑞琴**！」里叫喊。「放下筆記本！」

「**絕不**！」

「妳一定要！」

「**不要**。」

里哼了一聲，努力雙手緊握住葛瑞琴的手腕。接著他挪到更靠近邊緣的地方，抓握的位置往下移到她的手臂。這樣一來，他至少不會扯斷葛瑞琴的手腕。他使勁拉，葛瑞琴尖叫。還不足以把她拉到安全之處。

「妳一定要把雙手都給我！如果妳把筆記本丟上來，或許我可以——」

「**不要**。」

里有那麼一瞬間失去焦點。他的視線投向葛瑞琴後方的迷霧深谷，視野裡出現花朵綻放般的白色大斑點。他閉上眼，往前一撲，試圖抓住葛瑞琴的另一隻手臂。石頭在他身下移動，灑落、下墜，直到他也擋不住墜勢開始往前猛衝，越過了懸崖邊。

一道思緒閃過里腦中：或許今天就是他命定的時間。此時此刻，白楊屋的地窖裡，他的蠟燭可能正嘶嘶熄滅。

但就在他滑入冰冷、潮濕的空無那一刻，有人抓住他的雙腳。

「撐住，里！」一個聲音大喊。「我們拉住你了！」

菲力。

16

菲力

菲力一直遠遠跟著他們。

這是他第一次在非萬聖節的白日冒險進入鎮上。那天早上爸爸有兩個約診，菲力知道爸爸會惦記他在不在。文斯會生氣，死亡更是會大發雷霆。但那都遠遠不及菲力的擔心，不僅是對里，也對鎮長女兒給里帶來的麻煩。儘管里百般保證他會沒事，菲力還是不相信葛瑞琴．威波。

結果他是對的。

在一棵滴水的樹下躲雨時，菲力看見葛瑞琴一頭跌下懸崖，他隨即跑過去幫忙。不過有人比他快一步；當菲力尖叫著跑向他兄弟時，就是那個人緊緊抓住里的腳踝。

「別擋路，小鬼。」那個高挑、肌肉累累的人咆哮。他用手肘撞開菲力，往前猛力一撲，接著抓住里的腰，把他和葛瑞琴一起拖上泥濘的地面。葛瑞琴的雙眼閉得死緊，懷抱一本破爛的小筆記本。她維持這模樣好幾秒——這段時間足以讓那個人站起，抹掉外套上的濕泥。

葛瑞琴眨了眨眼後睜開。「謝——謝謝你。」她結結巴巴地說。「真的非常感謝——亞沙？」

這會兒他們倆一左一右，菲力看清楚了：亞沙和葛瑞琴．威波長得非常相像。一樣的黑眼、黑髮，一樣太紅的脣。

亞沙用那雙黑眼冷酷地瞪他妹妹。「妳在這裡做什麼？」

「我也可以問你一樣的問題。」葛瑞琴顫顫巍巍地站起。「你在監視我嗎？」她轉向菲力。「**你**也在監視我嗎？」

「我不相信妳。」菲力說。

「你——爸讓你離開？」里氣喘吁吁地對菲力說。

「沒有。」聽見里提起這件事，菲力感覺到一陣尖銳的恐懼。「但你不聽我的話，我擔心她會害你惹上麻煩。考量你剛剛差點**死掉**，我是對——」

「老天，你們這些怪胎！」葛瑞琴大吼。「你們不知道跟蹤別人很無禮嗎？」

亞沙聳肩。「我看見妳朝山胡桃木公園來，覺得肯定沒好事。我**擔心**。」

「是啊，一定的。不要再跟蹤我了。你也是，菲力。如果你想加入，早該趁還有機會的時候對我好一點。」

「我怎麼可能想加入？」菲力害怕地說。

「欸——欸——隨便啦！」葛瑞琴揮開他，彷彿把他當作一股令人不悅的味道。

「我們來看看吧。」亞沙說。「是什麼東西值得你付出生命，葛琴？」

他攫住他妹妹抱在懷裡的筆記本，猛力一扯，扯脫開來。

「嘿！還來！」

雷聲止息，雨勢也轉為毛毛雨，因此三個人注視亞沙、等著看他會拿手裡的筆記本怎麼辦時，四下寂靜。

亞沙打開筆記本，一頁一頁翻過，臉上的線條轉為嚴厲凝重。「妳在哪找到的？」他問葛瑞琴。

「石頭下。」她手指懸崖。「被蓋住，只露出一小角。警察多半因此才沒看到。我就知道他們會遺漏些什麼。所以這照理說是我的。我調查，結果在這裡找到。」

亞沙又打量了筆記本幾分鐘。他從皮夾克口袋掏出一個東西：打火機。他在一瞬間點燃筆記本。接著他迅速一甩，把燃燒的筆記本拋下懸崖的迷霧中。

「不！」葛瑞琴尖叫。「你做什——你為什麼要這樣做？」

亞沙擠出一抹笑。在他臉上看來駭人。

「那不是妳的。」他掏出一根菸來跟打火機做伴。這個時候，菲力注意到他的右手有一道泛紅、醜陋的傷疤。

「你怎麼可以。」葛瑞琴說。「你怎麼可以——那是**我的**。我找到的。而你居然——你居然——」

「別爆血管了。」亞沙朝她的臉噴出一股煙。「說起來，那蠢東西有什麼重要？」

「沒事。」葛瑞琴轉向里。「一個字也別對他說。」

亞沙的頭歪向里。「太棒了。跟仇人鬼混。完全照抄羅密歐與茱麗葉。」

「你不知道你自己在說什麼。」葛瑞琴說。

「我不知道嗎？」亞沙以菸指著里。「不知道耶，葛琴，妳跟奶奶說過妳的新男友嗎？**維克瑞**家的人？」

「亞沙，」葛瑞琴低聲說，「你敢。」

「噢！我什麼都不敢。只是問問題而已。我個人的調查。因為這裡就是這麼回事，對吧？我的小妹扮演夏洛克．福爾摩斯，想查出是誰把艾希．海斯汀推下懸崖。」

葛瑞琴抬起下巴。她看起來害怕，菲力心想，但不想顯露出來。「我們都知道是誰殺死艾希。你聽見了，跟我一樣。你知道是死亡。」

菲力嚇了一跳。談論死亡有兩種方式。第一種很普遍——病患談論死亡這個事件，某件不具人格、就是**會發生**的事，好像膝蓋擦破皮或睡著。但還有另外一種談論死亡的方式：死亡，專有名詞。具備人格的死亡。**陰影**死亡。死亡，波恩山脊最強大的力量。葛瑞琴．威波現在說的就是這一種。

然而亞沙看似不為所動。他平板地說：「人皆有一死。」

「你明知道我不是那個意思。」葛瑞琴叱道。「這裡發生某件事。某件鎮上的人正在掩蓋的事。而你剛剛把我唯一的線索**拋下懸崖！**」

「不知道妳居然是這種陰謀論者呢。」亞沙說。「妳剛剛在做什麼？大聲讀出儀式？想讓某人印象深刻？羅密歐知道妳並不受允許召喚嗎？」

里呼吸沉重。他看著葛瑞琴，嘴巴打開、牙齒打顫。「妳——妳不能施行儀式？」

葛瑞琴畏縮地看了亞沙一眼。「只要有機會，我**或許**可以。那只是一個愚蠢守舊的規則。誰說第二個孩子不能召喚？我擁有跟你一樣的血統。」

亞沙大笑。「妳是這樣想嗎？妳覺得自己是召喚天才葛瑞琴？」

「為什麼不可以！」葛瑞琴大喊。「而我將自己找出答案，只是現在一切都被你毀了！」

兄妹吵架的過程中，菲力挨近里，一步步靠近，直到他們並肩而立。「我們走吧。」他低語。

他一手放在雙胞兄弟肩上，而里迎上他的視線；在那一刻，菲力以為或許一切都會沒事。他們可以逃走、忘掉所有事、永遠擺脫葛瑞琴・威波。不過有東西捕捉住菲力除此之外失明的那隻眼。里身後有個東西，在樹林裡。

有個男人站在那——高挑、單薄的人影站在高挑、單薄的樹木間，頭戴大禮帽，身穿三件式西裝。

那是死亡。專有名詞死亡。

17

葛瑞琴

「他是怎麼回事？」

葛瑞琴大可跟亞沙吵上幾個小時。她大可為了他跟蹤她、高高在上地對她說話、讓她在里面前難堪而吼他。可以大肆抗議的事情有整整一長串。然而就算在叫罵對峙當中，她也感覺得出菲力有什麼不對勁。他的臉色轉為病態蒼白，牢牢盯著樹林——目光如此專注，不只葛瑞琴，就連亞沙也不禁轉過身查看是什麼引起他注意。

「他是怎麼回事？」葛瑞琴又問了一次。「他在看什麼？」除了光禿禿的樹枝，她什麼也沒看見。

「叫他停下來。」亞沙獰笑。「他嚇到我可憐的妹妹了。」

「他不是——」葛瑞琴連忙打住，轉身面對里。「他看起來像要掛了。」

里猛拉兄弟的外套袖子。「菲力？怎麼了？」

菲力打顫。他的雙手蓋住臉。接著，緩緩地，他拉下在騷亂中被撞歪的眼罩，重新放回眼罩歸屬的位置，他的右眼。

他深吸一口氣，吐出。

「我以為我看見……」他又看了看樹林，搖搖頭。「沒事。沒東西。」

所有人依然安靜。

「嗯，好。」葛瑞琴最後開口。「那還真怪。」

亞沙注視著菲力，但不是平常那種刻薄、霸凌的凝視。他一臉深思，彷彿菲力是一部他正在估價的摩托車。

「你哪裡來的？」亞沙問。

葛瑞琴大可脫口說出菲力的身分。她真的想。當作一種挑釁：我可是跟**兩個**維克瑞家的人來往呢，怎樣。但某個東西告訴她，要是她洩漏這個資訊，兩兄弟可能再也不會跟她說話了。

「跟你無關。」她對亞沙說。

「是嗎？就我看來似乎跟**家族**事務非常有關呢。」

「才不是——那不是——」葛瑞琴臉漲紅，無以為繼。現在對亞沙說謊也沒意義了。「還是與**你**無關。下次——**噢**。」

亞沙一把握住葛瑞琴的肩膀，手指猛力嵌入，漆黑如夜的雙眼怒瞪著她。「沒有下次，聽見了嗎？再讓我看見妳在這個公園亂晃，我可不會對妳在做的事還有妳跟誰在一起保持沉默。要是讓奶奶知道妳想做什麼，天知道她會怎麼說。」

葛瑞琴掙脫亞沙的箝制。「我做什麼有什麼重要？除了你自己，你什麼也不關心。」

「我不會再說第二次。不要插手。儀式不是小孩的玩具。」

「是喔，我又不是小孩。」

亞沙搖頭。他略為笑開，看起來完全不對勁。「很好。但若是妳又把自己弄得瀕臨死亡，別期待有人出手相救。」

說到這，他大步走向長滿樹木的山坡，扯下一大段黃色膠帶。數分鐘後，摩托車引擎加速的聲音劃過公園。

葛瑞琴不情願地轉向里與菲力。她希望他們什麼也沒聽見。亞沙讓她看起來很軟弱。渺小。無足輕重。

「對不起，差點害你死掉。」她含糊地對里低語。「我猜現在只能試試B計畫了，就是——」

「哇啊，哇啊，哇啊！」菲力大喊。「B計畫？妳發瘋了嗎？妳哥剛剛說——」

「我又不歸亞沙管！也不歸你管，菲力．維克瑞。我想做什麼就做什麼，里也是。對吧，里？」

里不安地看看葛瑞琴，又看看菲力。

「我們立下承諾的，維克瑞。」

「嗯。」里說。

「噢。」葛瑞琴交抱雙臂。「我懂了。你膽怯了。」

里的臉上流露一種葛瑞琴沒見過的神色。她惹他生氣了。

「我不是懦夫。」他說。「而妳才是個騙子！妳說妳可以用儀式打破協議，亞沙卻說妳根本不能施行儀式。妳什麼時候才要告訴我這一點？或許跟妳的最高機密關鍵計畫一起說？」

葛瑞琴晃了晃，失去平衡。她沒想過里的身體裡藏有如此巨大的力量。

「我——我說過，」她結結巴巴地說，「那是一個蠢規則，**過時**了。規定只有威波家的長子才能施行儀式。但只因為我出生的時間，就連試都不讓我試，這也太不公平了。我也是威波家的人，跟亞沙和我爸一樣。我能夠召喚。我只是還不知道，因為我還沒施行過任何儀式。」

里搖頭。「也有可能妳**無法**召喚。也就是說，妳有可能無法為我們做任何事。這算哪門子條件交換？」

「我是說，我認為我做得到！我只需要一個儀式來證明，為了避免你剛剛沒注意到，那些儀式剛剛被丟下懸崖了。」

「所以呢？妳家有一整本書的儀式，記得嗎？為什麼不用那些來嘗試？」

葛瑞琴遲疑了。這是一個錯誤。

「妳也拿不到儀式之書，對吧？」里大吼。「一切都是妳編出來的！」

「我沒有！」葛瑞琴吼回去。「不是編出來的，我發誓！我或許只是……編了一些細節，不過我對所有事都有計畫，包括打破你家的協議。」

「那是什麼！」里質問。「妳想要我幫忙？那我得知道計畫。我才不要在樹林裡亂跑、摔下懸崖，卻甚至不知道是為了什麼而跑、為了什麼而摔下。」

里可能有點道理，葛瑞琴反省。她看見他出現在看臺上時是如此興奮——她才領悟他真正現身了——她沒花時間考慮該讓里知道多少。

她實際上能對他透露些什麼？

葛瑞琴手指菲力。「有**他**在，我什麼也不說。」

「不。」里交抱雙臂。「菲力也加入。說謊的是妳，所以規則不再由妳訂，我來。而我說，菲力不能加入我就不幫忙。」

對於這個突如其來的提議，菲力看起來就跟葛瑞琴一樣厭惡。「我不想加入。」他說。「這整件事都很瘋狂。」

「但是儀式。」里說。「說不定有辦法——」

「不。我們試過了，里。我們辦不到。尤其是跟**她**一起。」菲力控訴地看著葛瑞琴。「要是妳到最後根本不能施行儀式呢？」

葛瑞琴看著自己的雨鞋。「我會想出辦法。我——我可以問我爸。」

「太棒了。」菲力咕噥。「另一個威波家的人。」

「對，另一個威波家的人。」葛瑞琴回嘴。「為了避免你沒意識到，我們是唯一能施行儀式的人，所以或許親切一點，嗯？」

「你們兩個都停下來。」里對葛瑞琴點頭。「妳調查，我幫忙。事實上，我幾乎為了妳而送命。所以該妳來解釋一下召喚了。」

葛瑞琴咳嗽。「我不——」

「條件交換，記得嗎？」

她閉上眼，嘆氣。條件交換。

葛瑞琴不知道自己是不是將做出不可原諒的事。如果她跟維克瑞家的人說出她家的祕密，她會因此而成為叛徒嗎？一開始跟里立下承諾時她沒想過這一點。

「如果我告訴你，」她說，「你必須當成最高機密。」

里嚴肅地點頭。「當然。」

「好吧。」葛瑞琴把背包背上肩，下定決心。「我們去我家。奶奶會在橋牌俱樂部，六點之前我家都是我們的。他也來嗎？」她指著菲力。

「我不知道。」里轉身面對兄弟。「你要來嗎？」

菲力一臉痛苦，彷彿有人正死命捏他。但他點頭。

「那麼我想我也阻止不了你。」葛瑞琴嘆氣。「走吧，你們兩個。」

18

里

里止不住雙手顫抖，甚至在葛瑞琴點著圖書室壁爐後也一樣。他的衣服潮濕，皮膚冰冷，但他懷疑顫抖並不全然因為淋過雨。他仍可感覺到葛瑞琴的手臂滑出他的雙手，仍可看見霧氣籠罩的深谷，以及自己與深谷間那巨大無比的距離。今天，他差點死去。

他為菲力跟著他出來而憂心忡忡——沒得到允許便離開家——里憂懼即將降臨在兄弟身上的懲罰。為了讓心思脫離這個討厭的想法，他環顧木頭鑲板的圖書室，以及嵌疊在他身旁的一排排書籍。

葛瑞琴站在一個高四腳梯上，正掃瞄著五層之上的一排書。她的手指畫過一個個書脊，發出輕柔的塔、塔、塔聲響。塔塔聲停止，葛瑞琴大喊，「在這！」

她拉出一本書，單臂抱住，一面躍下四腳梯，在沙發上里的身旁坐下。菲力自從離開山胡桃木公園後便未置一詞，坐在對面一張軟墊凳上，靠近劈啪作響的壁爐。

「這是什麼？」里滑近葛瑞琴，仔細查看那本書。書皮是深綠色，類似蛇皮。或許**真是**蛇皮。

葛瑞琴打開書，書頁散發出濃烈的霉味。

「嗯。」里說。

「我知道。」葛瑞琴說。「活像什麼東西死掉了。」

菲力嗤之以鼻。「死亡才不是這種味道。」

「還真多謝噢，專家先生。」葛瑞琴說。顯而易見，她和菲力就是無論什麼事都要依據自己的信念而吵上一架。

「這是召喚主題的書裡面最好的一本。」葛瑞琴說。「由波恩山脊首任鎮長於超過二百年前編纂。」

她輕敲這本無名書的第一頁，上面以墨水畫了一條盤起的蛇。蛇頭微乎其微地揚起，瞇起的雙眼朝上直盯著里，讓他不禁又發起抖來。

「我所知的一切大多學自這本書，真的。」葛瑞琴翻頁。「非常清楚明瞭。所有內容安排得恰到好處又工整。一章講回憶，一章講死亡，一章講熱情，一章講『實務應用』。很多圖表，非常好懂。」

里仔細讀目錄。回憶、死亡、熱情。里沒見過他們的名字像這樣被寫下，寫在同一處——他們真實存在的證明。他當然知道他們**真實存在**，但鎮上和學校裡的人談論起他們時，都一副沒當真的樣子。

「人類滿足於過渺小的人生。」里的媽媽曾這麼說。「他們知道有更偉大的力量在運作，但要了解或認識它們太費力了。只是吃你的早餐、看你最愛的電視節目要輕鬆得多。」

話說回來，里心想，葛瑞琴並不是尋常的人類。而且她絕對不是被養育來過渺小人生的。她看見里所見，但以與里截然不同的方式理解。

「什麼樣的圖？」菲力問，一面把軟墊凳拖近些。

葛瑞琴翻到書的中段。翻開後有兩幅畫，各自占據一整頁。一幅標題「死亡儀式」，另一幅則是「回憶儀式」。菲力忍不住大喊。

「怎麼了？」里興奮起來。「他們看起來就是這樣嗎？」

兩幅圖都是墨水畫。一幅中，死亡高挑聳立，是一名年輕男子，身穿看似昂貴的西裝，一手拿著大禮帽，另一手拿著一把金屬鑷子。在他的凝視下，一名跪著的小女孩雙眼含淚，彎身趴在一名無生命的老者身上。

另一幅圖中，標示「回憶儀式」的那一幅，是一名從喉嚨到腳踝都包覆在蕾絲中的尖下巴女子，她站在一個男孩身旁；這個男孩盤腿而坐，一本標題為「儀式之書」的大書擺在他膝上。

菲力對里描述過他除此之外什麼也看不見的那隻眼中死亡與回憶的模樣。在他的描述中，死亡是一個穿西裝的男人，回憶是一位美麗的女士，頭髮中纏著雪珠花。然而葛瑞琴書中的圖畫並不只是模糊的描述而已，而是鼻翼的斜度、顴骨的轉折，以及耳朵的弧度——清楚且不可錯認的臉。

「是他們，沒錯。」菲力低聲說。

葛瑞琴發出神經質、氣音的笑。「所以是真的。你真的跟他們住在一起。你看得見他們。」

「我每天都看見他們。」菲力輕拍眼罩。「用這隻眼。」

葛瑞琴手指著里。「而你用聽不見的那隻耳朵聽見他們。」

里點頭。

「他們跟你們住在一起。」她輕聲說。「我以為……我以為爸爸可能在說謊。一定不好過，對吧？跟**陰影**一起生活？」

里和菲力看了看彼此。里知道他們不該談論這件事。尤其是對著威波家的人。但話說回來，只有威波家的人能懂。

「對。」他說。「不好過。」

「協議。」

葛瑞琴並沒有把這兩個字說得像問句，但里知道它就是。他和菲力仍看著彼此。菲力的表情說「我們不能透露更多」。里的表情則說「我們已經透露太多」。

「葛瑞琴，」里說，「關於學徒，妳到底知道些什麼？」

「你們很糟糕。」葛瑞琴立即回答。「陰影給你們一件好事，你們為此獻出你們剩餘的整個人生。然後你們不再在乎人類，只依你們的陰影所說而行事，就好像無心的寄生蟲。」

里決定沒必要拆解這些字句。「所以你知道學徒通常是世襲的，對吧？」他問。

「當然。」葛瑞琴說。「跟召喚者一樣。我們伴隨家族事業而長大。等到你滿十六歲，你決定要不要簽下學徒合約。」

「對。」里說。「我們的父母就是這樣。媽媽的家族自從經濟大蕭條就開始擔任學徒。爸爸家則是從……」里皺眉，努力回想。

「一八六五年。」菲力說。「之前是卡佛家，但他們在內戰中死絕。」

「對。」里說。「菲力比我會記年代時間。」

「而且他們並不是為了『一件好事』就獻出人生。」菲力緊繃地說。「他們是受誘騙而簽下合約。壞事發生，他們必須簽合約才能扭轉。他們——他們並不真的有什麼選擇，他們——」

菲力的臉漲紅，看起來像是要爆炸了。因此里插話：「**總之**，菲力跟爸爸和死亡一起生活，我跟媽媽和回憶。」

「只是雙方無法相見。」葛瑞琴雙眼明亮。「我是說，菲力，你看不見你媽；里，你看不見你爸。」

里點頭。

「他們也看不見彼此。」菲力說。「爸和媽。」

葛瑞琴皺眉。「那……對學徒來說正常嗎？」

兄弟倆不安地看著彼此。

「不正常。」媽媽告訴里的故事湧入他心中——栩栩如生，有如他自己的回憶。「正常來說，陰影不會住在彼此附近。他們不想知道對方在做些什麼。他們互不往來。尤其在波恩山脊這裡，死亡和回憶並不和睦。之前發生某件事，他們大吵一架。然後，嗯，熱情知道之後決定惡整他們，覺得讓他們的學徒陷入愛河會很好玩。」

葛瑞琴瞪大眼。「你爸媽。」

「對。而且，唉，成功了。他們在知道彼此身分之前便愛上對方，然後就太遲了。他們努力保密了一段時間。」

「但還是被死亡和回憶發現。」葛瑞琴猜測。

里點頭。「他們，呃，**氣瘋**了。死亡威脅要在媽媽的時間到來前殺掉她。回憶威脅要取走爸爸腦中所有有關媽媽的記憶。然後媽媽發現她懷了我和菲力。所以媽和爸哀求制定新合約。」

「協議。」葛瑞琴說。

「媽和爸同意永遠不再見彼此，並各自帶走一個兒子。媽帶走我，好把我養育成回憶的新學徒；爸爸帶走菲力，養育成死亡的新學徒。然後死亡和回憶在白楊屋施魔法。小屋一分為二，東側和西側；長廊共用，但不能跨過另一邊的門檻。因此我……就是沒有爸爸。菲力沒有媽媽。一直以來都是這樣。」

「未來也將永遠如此。」菲力鬱鬱地凝視爐火。

「除非你們打破協議。」葛瑞琴的視線聚焦於膝上的書。

「我們之前試過。」菲力說。「但他們是陰影，我們只是小孩。不可能成功的。」

這句話滿是芒刺，對著葛瑞琴說，卻如控訴般投向里。

「不一定。」里怒瞪他的兄弟。「但如果說有任何人能幫我們，那就是葛瑞琴了。」他轉向她。「妳說或許有個儀式能幫助我們。」

葛瑞琴沒說話。她從書中抬起頭，接著開始大笑。

19

葛瑞琴

起點是一種糟糕至極的感覺——她的腹部發抖，胸部像重型洗衣機一樣打顫。她努力想壓下這種感覺，卻落得哼出聲。接著她徹底失守，爆出大笑。

「我很抱歉。」她咯咯笑得上氣不接下氣。「我知道不好笑。只是……好多……新……資訊。」

菲力板著臉。里則一副腸胃炎發作的樣子。兩個男孩都沒有一起笑。

「妳說妳可以幫忙。」里說。「我以為妳了解。」

「我很抱歉。」葛瑞琴又說一次，這次真誠許多，笑聲收斂為喘氣。「我確實了解，只是有點難消化，就這樣。我不知道陰影這麼……」

「小家子氣？」菲力提議。

「人性。」兩個男孩畏縮，葛瑞琴很快地說，「我知道他們不是人，但是……我猜我以為他

們要更，呃，嚴肅。你們知道吧，不是那種又是惡整又是吵架的。」

「不是都這樣。」里說。「我聽說有些地方的陰影真的很好。公正親切。例如：查塔努加，還有艾希維爾（Asheville）。只是……在波恩山脊這裡不是這麼一回事。」

「吁。」葛瑞琴說。「學徒的處境肯定比我們糟。」

菲力交抱雙臂。「那威波家又是怎麼樣？」

「對！」里一隻手朝葛瑞琴揮呀揮，彷彿在說換妳說點什麼來讓我們笑一笑了。

葛瑞琴猜自己別無選擇。「我是這麼看的，陰影做交易。他們就是這麼做——看看你們的協議。回憶可以永遠留存你們的美好記憶，或是把你從他人腦中抹去。死亡可以給你長一點或短一點的生命。熱情可以慰哄或擾動你的心。他們做的其他事是餽贈特別禮物——但只在對的人要求時，而且必須依循儀式。而儀式的作用就像食譜。每種儀式都需要某些特定材料——或許是一縷頭髮，或是一點糖。日常的東西。然而一旦你把這些材料混合、念誦對的詩句，日常的東西便不再日常。當你那樣做的時候，就成了儀式。」

「只在對的人要求時。」菲力複述。

「嗯哼。你知道的。威波家的人。」

「當然。」菲力說。「因為不就是你們威波家的人掌管了波恩山脊好幾年？還真方便啊，你們就是『對的人』。」

「天才，」葛瑞琴說，「才不是**方便**，而是因果關係。威波家不是因為掌管波恩山脊才是對的人。**因為他們是對的人**，他們才掌管波恩山脊。你覺得我曾叔公一開始怎麼會選上鎮長？」

菲力聳肩。

「因為，」葛瑞琴說，「他做了所有好政治家都會做的事：他做交易。他跟死亡做了交易，所以才能在職那麼久。他跟熱情做了交易，所以才能娶到波恩山脊最富裕、最美的女孩。還有，他跟回憶做了交易，所以才能擠進波恩山脊這裡的每一本歷史書裡。他之後其他威波家的人呢？他們如法炮製。」

「哇。」菲力冷酷地說。「真是值得驕傲的家族歷史。」

「我沒說我感到驕傲。這只是單純的事實：我是威波家的人，所以我是召喚者。」

「但妳**不是**。」里說。「技術上來說不是。妳禁止施行儀式。」

葛瑞琴皺起臉。從還是小女孩時她就知道這個規則了：亞沙是爸爸的第一個孩子，所以他接受了召喚者的訓練，他也會成為下一任波恩山脊鎮長。身為第二個孩子，葛瑞琴沒有繼承召喚的權利；她只得到威波這個姓氏而已。她應該要過尋常的人生——受良好教育，甚至或許送到遠離家族事業的地方，像是寄宿學校。距離超乎尋常的事物如此地近，卻被要求只能當個尋常人——這是葛瑞琴的宿命。

她拒絕接受。

「葛瑞琴，」里把她從她的思緒中喚回，「妳在公園裡找到的那本筆記本。裡面是真正的儀式嗎？」

「我不知道。」葛瑞琴坦承。「我沒見過寫在外面的儀式，就是——」

她手指兩兄弟身後，那個裝有《儀式之書》的玻璃匣。午後陽光熨入彩繪玻璃，在書頁灑落點點綠光與金光。

「那就是……」里低語。

「對。」

菲力渾身僵硬。「爸說那本書很邪惡，裡面都是黑暗的遠古魔咒。」

「古老，沒錯。」葛瑞琴說。「黑暗的話，我猜得看是由誰使用，以及使用的目的為何。召喚者理應為了這個鎮而使用儀式。例如波恩山脊發生瘟疫。嗯，然後召喚者對死亡施行儀式，要他饒過鎮上的人。或是這裡發生過可怕的戰爭。召喚者對回憶施行儀式，要她拿走這個鎮最陰森的故事。或是有人離開鎮上去更大的城市找更好的工作。有個方法能讓他們留下：陷入愛河。而熱情可以做到。」

「但妳說威波家為了自己而施行儀式。」菲力語氣平板地說。

「欸，沒錯。」葛瑞琴說。「算是這份工作的額外津貼，我想。但他們的主要任務是為這個鎮說項。他們站在人民這一邊。我的想法是，儘管你們都是學徒，你們也算是人民。所以或許有個我可以用來為你們說項的儀式。」

里手指玻璃匣上的鎖。「那妳究竟要怎麼打開？」

葛瑞琴研究自己的雙手。「好啦，我實際上並沒有辦法拿到《儀式之書》。不過！」里正要開始抗議，她連忙大喊。「我有可以拿到手的計畫。」

「然後呢？」菲力說。「妳施展儀式——噢等等，妳**做不到**。」

「我才不**施展**儀式；又不是**巫婆**。」

「但妳根本不知道有沒有一條能夠打破協議的儀式。」菲力說。「承認吧。妳從頭到尾都在撒謊，只為了得到我們的幫助。」

「我不算**真的**撒謊。」

菲力搖頭。「你不相信她，對吧，里？」

里沒說話。

「太荒謬了。」菲力對著自己的腳說。「我們為什麼要相信妳？首先，妳是威波家的人。第二，妳是個騙子。第三，妳沒辦法打破協議。根本不可能，妳不應該讓里認為他能做到，一切都只為了妳那個蠢計畫。」

「我的計畫才不蠢！」葛瑞琴大吼。「那可是攸關一個莫名其妙死掉的女孩，也攸關死亡。你一點也不覺得困擾嗎？你是他的見習學徒。你不在乎他是不是在做壞事嗎？」

「他是死亡。」菲力冷酷地說。「壞事就寫在他的工作描述中。」

葛瑞琴目瞪口呆地看著他。「我爸說得沒錯。你真的把靈魂賣給他們了。」

菲力怒瞪著她，她也還以顏色。

圖書室外傳來聲音——門關上，鞋跟踩在硬木地板上的回音。葛瑞琴瞪大眼，低頭看表。威波奶奶提早從橋牌俱樂部回來了。「噢，不。」她說。「噢，不、不、不。」

「誰？」里低聲問。

「奶奶。你們必須離開，立刻。她從來就不准我帶朋友回家，尤其是**維克瑞家**的人。」

葛瑞琴窺視走廊。她聽見奶奶在廚房東翻西找。

「好。過來。你們從窗戶出去。」她打手勢要兩個男孩跟她出去走廊，但菲力畏縮不前。

「妳是不是想讓我們被抓？」他問。「是這樣嗎？一個陷阱？」

「老天。」葛瑞琴呻吟。「如果這是陷阱，我就不會要你們從窗戶溜出去了，對吧？我直接

讓你們被抓就好。」她走到走廊對面的浴室，腳步盡可能拉長、加快。兩兄弟跟上，菲力在身後關上門——**碰的一聲**。

「葛瑞琴？」威波奶奶的聲音大喊。「葛瑞琴，是妳嗎？」

葛瑞琴惡狠狠地瞪菲力，就連大喊回話也不中斷。「對！是我！」

「葛瑞琴．瑪莉，跟妳說過多少次了，客用浴室只供客人使用！」

葛瑞琴翻白眼。威波奶奶跟她說過**非常多**次。這樣的提醒通常會轉化為冗長囉嗦的叫罵，於是她讓威波奶奶繼續叫罵，她趁機推開浴室窗戶，揮手要里出去。他踏上馬桶蓋。

「……弄亂手巾，好像手巾就是要拿來用一樣！那手巾是**裝飾**用的，孩子。要是妳知道我在那東西上花多少——」

「走，**走**。」葛瑞琴說；里消失在窗外，菲力也跟在他後面爬上馬桶。然而就在菲力伸手攀住窗檯的同時，他責備地看了葛瑞琴一眼，緊接著下一秒，他腳滑了。菲力失去平衡摔倒，撞倒一個乾燥花罐，發出巨大的聲響。

「**葛瑞琴．威波，看在老天份上裡面是發生什麼事了**。」

伴隨著喀喀喀的鞋跟，奶奶的聲音愈來愈近。

「**走**！」葛瑞琴壓低聲音大喊，扶菲力起身，心如擂鼓地看著他重新爬上馬桶——這次成功了。葛瑞琴在他滾出視線外的那一刻啪地關上窗，奶奶也同時猛推開門。

葛瑞琴怯懦地抬眼看奶奶。「喔噢？」她尖聲說。

奶奶咬緊牙關。她無言了很長一段時間。接著她下令：「妳自己清理乾淨。妳要刷馬桶、清理水槽、掃地加拖地。然後妳直接回房間。宴會即將到來，天知道我沒時間處理這些。」

等到威波奶奶又喀喀喀走回廚房，葛瑞琴才吐出一口氣。真是千鈞一髮，但她能接受她的懲罰。她知道刷馬桶總好過寄宿學校。

20

菲力

回家路上，菲力腦中嗡嗡作響的思緒遠遠多過他原本以為自己的腦能夠乘載的量。

儀式。

這兩個字一再刺痛他的五臟六腑，彷彿一隻憤怒的大黃蜂。

儀式。

儀式。

儀式。

他也在思考威波家圖書室裡的那些書。卷帙浩繁，堆得又高又廣——封皮內裝有如此豐富的知識。菲力不曾能夠觸及的文字與概念，只因為他的學徒身分。如果有個能夠改變這一切的儀式，讓他能夠接觸那些書……

「你會怎麼樣？」

菲力被里這個輕柔的問題嚇了一跳。兄弟倆在無聲中穿越鎮上以及大半樹林。這會兒距離白楊屋只剩幾分鐘路程，菲力的懲罰虎視眈眈，沉甸甸地懸著。

「我猜跟上次一樣吧。」菲力說。他記得那地窖裡的濕氣，而且歷歷在目。一陣顫抖喀嚓喀嚓爬上他的脊椎。

「你不該跟我去的。」里說。

「我擔心。」

「不，你是覺得我不夠聰明，無法保護自己；我不知道會讓自己惹上什麼麻煩。」

「嗯你確實是，對吧？」

「如果我想掉下懸崖，」里說，「那也是我自己的事。」

菲力沒聽里說過更蠢的話。「道謝之類的就免了。」他咕噥。

「我不道謝，因為你沒必要來。」里接著低聲補充：「我只是不想要他傷害你。」

菲力還能說什麼？死亡會傷害他，白楊屋入眼的那一刻，這件事便無庸置疑。文斯站在前廊；菲力挪開眼罩，看見死亡就在爸爸身旁。菲力停步，腳插入腐爛的棕色落葉。

「怎麼了？」里低聲問。「他在那？」

「兩個都在。沒事的，你進去吧。」

「菲力，我——」

「我不需要你幫忙。」

「我不會——」

菲力朝里的胸口重重一推。

「回家去。回、家、去。」

里一咬牙，接著說：「好。」他衝過林中空地，奔上前梯，橫衝直撞進入白楊屋西側。菲力看見爸爸嚇了一跳，看向發出聲音的位置，這才領悟里在附近。

你永遠看不見他，爸。里腳步沉重地走向前廊時一面這麼想著。你永遠看不見他，也永遠無法再次看見媽。

「菲力．傑若．維克瑞，看在老天分上，你去哪裡了？」

菲力無法直視爸爸雙眼。他只能凝望死亡。

死亡的皮膚與嘴唇白如石膏。他的眼睛是冰樣的藍，睫毛很長。身形高挑，雙肩完美平衡，衣著毫無瑕疵：永遠的黑西裝、領結，以及大禮帽。

菲力恨他身上優雅的每一吋。

他慶幸至少聽不見死亡的聲音。里曾告訴他，死亡的聲音優美但駭人，彷彿一首讓你更怕黑的搖籃曲。不過菲力感受到死亡凝視的全部重量。那雙藍眼無情地燒入他體內——無言的施暴。

「菲力。」

他終於轉身面對爸爸。「我不得不離開。」菲力告訴他。「里有麻煩。」

文斯的眼神一閃，轉為黯淡。菲力知道，光只是提起兄弟的名字，他就是在傷害他的爸爸。

「他沒事吧？」文斯問。

死亡一隻手放上文斯的肘窩。他搖頭，而菲力無須聽見他的聲音，便知道訊息的含意。不，死亡這麼說，你不能知道。

文斯深吸一口氣。「菲力，你知道違反規則會有什麼下場。我今天早上有兩個重要約診，你在這屋子裡的角色很重要，尤其——」

「我知道。但里更重要。」

「輪不到你來決定什麼比較重要。」

「對，決定的是**死亡**。」菲力說。「你不會因為我幫助里而處罰我，爸。我知道你不會。生氣的是死亡。他跟蹤我。他看見我去哪裡。而他為此發怒。不是你！」他直勾勾看著死亡。他不知道自己為什麼要抗辯。一點意義也沒有。

「死亡要帶你去地窖。你了解嗎？」

在字句之下，菲力能聽見一連串未能言說的問題。爸爸在問里爲什麼有麻煩？你爲什麼又不聽話？你明知道我沒有力量阻止死亡，爲什麼還讓自己落入遭處罰的處境？

死亡一隻冰冷的手臂環住菲力的肩膀，領他進屋。下去地窖的路途很漫長——兩段各有十一階的全螺旋梯；菲力許久之前數過，當時他還很小，剛開始上下往來樓梯。那個時候，把腦袋用來數階梯，遠好過幻想潛伏在地窖裡燭光不及之處那些黑暗、駭人的東西。身為死神的見習學徒這些年來，他變得勇敢了些。現在他十三歲了，暗處不再令他感到害怕。

嚇人的是那些蠟燭。

每一根細紅蠟燭都是生命，每一個燭火都是生命之息。燭火熄滅，生命便永遠消逝；拿取熄滅的蠟燭、收入死亡的三個皮箱之一是菲力的工作。燭蠟有時還溫熱。

偶爾，死亡會把這些皮箱的其中一個搬上地窖階梯，拖進白楊林暗處。他回來時，皮箱已空，蠟燭不見了。菲力不知道死亡是在哪裡清空那些蠟燭——是不是一個類似遺忘池塘的地方，充滿令人不安的魔法。無論如何，蠟燭被帶走，一如它們原本代表的生命。菲力害怕這些蠟燭，而死亡知道。因此地窖才會是這麼棒的懲罰。

死亡在第一個梯間平臺停步。菲力隨他停下，但死亡搖頭，瘦削的食指朝下指。

又來了。

菲力勉為其難走下剩餘的階梯。他試著慢慢呼吸以平緩狂野雷鳴般的心跳。地窖門在上方關上，他步入閃爍的燭光中。

21

葛瑞琴

葛瑞琴敲房門。

一開始亞沙沒回應，不過根據裡面傳出的沉重鼓擊與尖銳電吉他聲，葛瑞琴知道他在。換作其他天，她會敲一次門後便放棄，不去煩亞沙。但她今天需要為她的問題找到一個答案。她更用力捶門，希望聲音能穿透喧噪的音樂。

又過了半分鐘，沒回應。葛瑞琴抬手打算試最後一次，就在這一刻，門猛地拉開，亞沙站在她面前。他的臉頰泛起紅斑，還有點潮濕。看起來他剛剛在哭。但不可能。葛瑞琴判定他臉上的紅一定是因為憤怒。

「幹嘛？」亞沙問。

「呃。」葛瑞琴說。「耽誤你一點時間？」

她的哥哥以懷疑的眼神打量她。葛瑞琴的要求很古怪，他們兩人都知道。葛瑞琴從不敲亞

沙房門，反之亦然。他們不交談，除非亞沙要說什麼刻薄的話。

葛瑞琴說：「我有一個問題。」

「別想。」亞沙關門。

「不，等等！」葛瑞琴一腳跨進門。「聽我說完，好嗎？只是問一個假設性的問題。」

亞沙止住關門的動作。或許是為了避免和葛瑞琴的帆布鞋對決，也或許因為他心裡有微乎其微的一小部分想知道葛瑞琴到底想說什麼。「說吧。妳有一分鐘。」

「好。」一陣慌張，葛瑞琴連忙搜索腦中排練過的那個故事。「假設有一個召喚者跟一個陰影交易，結果那不是一個好交易。再假設那個召喚者偏偏得了失憶症！像是，他徹底忘記怎麼施行儀式。其他召喚者可以幫他嗎？我是說，有沒有什麼儀式可以**取消**之前那個不好的儀式？」

隨著葛瑞琴一個字一個字吐出，亞沙的目光也漸漸轉暗。她說完後亞沙搖頭。「妳在說什麼？這怎麼可能發生？」

「我說了，就是個假設性問題。**假設上來說**，有沒有一個可以取消其他儀式的儀式？」

「沒有。」亞沙說。「和陰影的交易是永久的，不能取消。」

「永遠不能？」

「對。儀式是永久的，所以才危險。」

「但是……嗯，要是確實有取消的儀式，只是我們不知道呢？」

亞沙一手揮過空中。「當然嘍，葛琴，妳就繼續這樣想吧。」

「唉，我不知道要想些什麼！沒人給我答案。爸告訴你所有祕密，而我什麼也不知道。」

「跟妳說過別蹚渾水了。」亞沙說。

「但我也是這個家的一分子啊！我也姓威波！」

亞沙一掌拍在門框上。「別再說這種話了！」他咆哮。「說得好像我們是什麼特別的人種。妳不知道身為威波家的人是什麼意義嗎？我們**受詛咒**，周遭的人因我們而蒙受災難。有人因我們而受傷。有——有人因我們而**死**。身為威波家的人就是這種意義。一點也不特別。」

葛瑞琴不知道該說些什麼。她緊握毛衣的摺邊又放開，眨眼不讓淚水落下。亞沙從門邊退開，似乎被自己脫口而出的話語嚇到。他看起來幾乎像是……感到抱歉。

「妳的一分鐘用完了。」他說完當著葛瑞琴的面關上門。

她繼續拉扯身上的毛衣，死盯著亞沙門上那個**有毒廢料場**的標牌。

有人因我們而死，亞沙的聲音又說了一次，聽起來憤怒又陌生。

葛瑞琴不知道是不是真的有人因為威波家而死。因為儀式。

她不知道亞沙說的是不是艾希．海斯汀。

22

里

里整整兩天沒看見菲力。接著，週二早晨，里正要出門上學，他在前廊發現他的兄弟正把藥草掛上屋椽風乾，一副什麼事都沒發生過的樣子。里跑上前，但是菲力用力掙脫里的擁抱。

「我沒事。」菲力說。「又沒怎樣，而且我不想談。」

他只說了這些。

里出門，感覺被推開、多餘。他知道菲力受苦了。他想聽菲力說發生什麼事，試著讓事情好轉。但看來這些菲力都不想要。他打算把他吃的苦留給自己，鎖在里無法企及之處。於是里沒有再試著伸出手。當晚回家後，他一句話也沒對菲力說。等到菲力想談時，他會跟他談。

只不過菲力那天都沒說話，隔天，還有再接下來那天也一樣。他沒到前廊或溫室加入他的兄弟。他們沒吵架——沒有叫罵或動手動腳。但里懷疑這種沉默說不定比任何一種爭執都糟。它向外伸展，不間斷，也沒有可見的終點。

甚至在沉默中，里還是為他的兄弟擔心。他在學校時沒辦法一次專注超過半分鐘。練習後，他不再跟平常一樣為了好玩而在跑道上奔跑。他在儲物櫃裡吃午餐，坐在一個倒放的拖把桶上，沒加入橘桌的那些孩子。

最重要的是，他和葛瑞琴．威波保持距離。

當他看見她在學校走廊上加快腳步想趕上他，他躲進男廁。當他感覺英文課時她的視線在他背後燒出洞，他也沒轉過去。

濕淋淋的那個週一，他們並沒有制定下一步計畫。他和菲力摔出浴室窗戶，就這樣。現在，看見葛瑞琴讓里感覺到尖銳的不適。她**知道**。他對她說了有關他人生與協議的祕密，葛瑞琴卻加以**嘲笑**。現在，每次看見葛瑞琴，里都會有一種糟糕透頂的感覺，彷彿被她看見脫到只剩內衣褲的自己，而情況永遠、永遠不再相同。

里愈深入思考，愈覺得**葛瑞琴**是菲力受罰的罪魁禍首。要不是她來白楊屋外大吼大叫、說服里和她交易，菲力就不必追著里出去。而這一切是為了什麼？除了害里差點摔下懸崖，葛瑞琴沒為里做過任何事。

兩週了，里都非常成功地避開葛瑞琴。接著來到感恩節前的週一，他的好運用罄。葛瑞琴在儲物櫃裡找到他。

她關上門並打開燈前只說了「裡面聞起來有薩拉米香腸的味道」。「維克瑞，你幹嘛在黑暗中吃東西？」

里沒回答。他在觀察門，不知道能不能鑽過葛瑞琴身旁逃脫。

「嘿！」葛瑞琴對上他的視線。「想都別想。你欠我一個解釋。你幹嘛一直不理我。」

里聳肩，一口咬下微溫的炸熱狗。

「我跟你說了一大堆真的非常私密的事，維克瑞。我讓你——敵人——進入我家！現在你居然莫名其妙疏遠我。我以為……我以為你跟橘桌其他那些蠢貨不一樣。」

里咬牙。「我不一樣。」

「是嗎？我們立下承諾，你現在卻連看也不看我一眼。你覺得丟臉，嗯？你覺得要是狄倫和艾瑪發現我們是朋友，他們會把你踢到一旁。」

里困惑地眨眼。「什麼？」

「哼，我說對了吧？」葛瑞琴的聲音突然顫抖起來。「我不夠酷嗎？」

「**什麼**？不是！才不是這樣，是……」里看向一旁，以略低的音量接著說：「菲力因為不守規矩而惹上麻煩。我知道死亡傷害了他，但他不願意談。他根本不跟我說話。聽著，我相信妳說的事。我覺得妳或許能夠幫我們。不過我現在真的很擔心菲力，所以目前實在不太適合繼續調查。」

葛瑞琴眨眼。「你只是……擔心菲力？」

里點頭。

「你可以早點跟我說的啊，知道嗎。我就會自己走開。」

里懷疑地看著葛瑞琴。「真的嗎？」

「我想要你幫忙，不代表我真的**需要**。」

里哼了一聲。「妳死纏爛打的時候聽起來可是戲劇化多了。」

「哎呀，對啦，我也可以很戲劇化。」

里笑出聲。「我太了解了。」儲物櫃裡轉為安靜，接著里打破沉默。「真的有薩拉米香腸的味道。」

「我為你兄弟感到難過。」葛瑞琴說。

「妳根本不喜歡他。」

「那倒是。不過你喜歡他，而我喜歡你，你又感到難過，所以我也難過。」

里看著葛瑞琴。「妳喜歡我？」

葛瑞琴正面回視。「對啊。我**喜歡**你。我知道我之前說你懦弱，不過你證明了你自己。我覺得你很好，維克瑞。這樣會讓事情變得很怪嗎？」

里目瞪口呆。

葛瑞琴微笑。「沒有女孩跟你說過這種話，對吧？」

里回想起艾瑪在橋桌下握住他的手。「不算有。」

「嗯，我不想吻你還怎樣。」她扮了個鬼臉。「我只是說，你不像其他孩子，而我喜歡像這樣的你。」

「就算我姓維克瑞。」

「當然。」

里仔細思考眼前狀況。他思考自己的臉實際上正在發熱的這個狀況。他思考自己正和鎮長女兒單獨待在儲物櫃裡的這個狀況。

「妳也不賴。」他說。「就一個威波家的人而言。」

「謝嘍。」儘管葛瑞琴一副不在乎的樣子嘻嘻假笑，她的臉頰卻染上粉紅。「無論如何，就算你暫時擱置你那方的承諾，我還是會維持我的部分。」

里的心跳加速。「妳找到能夠打破協議的儀式了？」

葛瑞琴皺起臉。「欸，不算是。我到處問問題，不過沒人告訴我多少。不意外。只剩下直搗黃龍這條路了。記得我說過我有個計畫可以拿到《儀式之書》嗎？」

里點頭。

「是這樣的：我做這件事是為了幫助你，不過需要你幫一點小忙。」

「我需要再爬妳家的浴室窗戶嗎？」

「我無法承諾。」

「嗯……好吧，我猜。」

「本週三晚上你有空嗎？」

「有。」

「好，那八點來我家。」

「那時候天已經黑了。」里說。

「呃，對。可以嗎？」

里嚥了口口水，點頭。他不打算告訴葛瑞琴他不喜歡晚上獨自走在白楊林裡。她才剛認定他不是懦夫，而他希望能保持下去。

「八點。」葛瑞琴又說一次。「繞到我家後面。我會幫你留意周遭。然後嘿，」她伸出一根手指，「你還是得遵守承諾。一旦菲力好轉，我們就回頭弄清楚山胡桃木公園到底發生什麼事。

聽懂嗎？」

「妳哥又會冒出來嗎？」

葛瑞琴沉下臉。「絕對不會。」

「那好。」里說。「承諾不變。」

葛瑞琴公事公辦地點頭。她的手伸向門，然後停住。「還有一件事，里？或許這次你不該跟菲力說。」

里想著他的兄弟。想著菲力是怎麼掙開他的擁抱、像個悶葫蘆一樣連續幾天都不說話，彷彿不想被里的關懷打擾。

「對。」他說。「我什麼也不會對菲力說。」

23

菲力

地窖裡三根蠟燭熄滅。

就算菲力緊緊閉上眼，或是壓住耳朵並召喚出和里共度的快樂夏日回憶都沒用。死亡不只關乎五感。死亡超越五感。

剛開始是一股味道。菲力就算把鼻子緊緊塞在雙膝間還是聞得到。蜂蜜交雜腐肉——一部分甜膩得逼出他的唾液，另一部分濃郁得哽住他的喉嚨。

然後是尖叫的聲音——像是生鏽鐵釘刮過金屬，一再反覆。紅斑湧出，在菲力眼皮後的黑暗中流淌。然後那色彩似乎往下流到他的喉嚨，帶著一股結塊奶油的味道碰觸他的舌根。地窖本就濕冷，被死亡如此徹底包覆，感覺卻更加強烈。

燭焰被熄滅時無處可逃。那感覺持續數小時，然後如來時那般倏然消失。地窖裡燃燒著數千根蠟燭，然而菲力總是能輕易找出被熄滅的那一根；嘶嘶冒出的煙中仍殘存辛辣的蜂蜜與腐

肉味道。接下來是菲力的工作：他取出那根蠟燭，放入死神的一個皮箱，加入裡面的其他死去生命。

他已經做了三次。

菲力沒有懇求寬恕或捶打地窖門、跟死亡談條件放他出去。他知道死亡絕對不給第二次機會。他也知道爸爸聽令於死亡，救不了他。所以他沉默忍受懲罰。

第二天結束時，死亡打開地窖門。甜美新鮮的空氣湧下階梯，菲力幾乎溺斃在解脫之中。他出來後讓爸爸把他塞進被褥間，在爸爸的床畔陪伴下睡去。

隔天早晨，菲力如常工作，拒絕了里的擁抱。日子就這樣過了接近兩週，這段期間菲力都沒有試圖和里談話，反之亦然。

來到週一清晨，有一個病患等著見文斯。爸爸要那個年老男子躺下時，菲力靜靜站在診療室角落。他為這個老人而緊張。病患的年紀愈大，死亡愈有可能拿出他的金屬鑷子取走他們的生命。

幸好這個早晨約診是一個幸運的病例。死亡站在診療檯的頭側，陰影灑落男子蓄鬍的臉頰。死亡接著低聲對文斯說治癒老人關節炎所需的藥草；菲力一依處方調煮好藥湯，老人便踏著比來時輕盈許多的腳步離開白楊屋。

好的拜訪不代表菲力有好心情。諸多問題在他腦中翻轉，跟一週前一樣需要解答：要是儀式真的有用呢？要是真有一個儀式能夠永遠終結協議呢？

菲力知道自己的責任。他曾經試圖拋棄這份責任，跟著里一起逃跑、打破他的束縛。他們失敗了，而他以為那就是終點。

但是三根蠟燭在菲力眼前熄滅。因為一個根本不該存在的規則所受的懲罰，一個支配他人生、還會繼續存在三年的協議。一個讓他的家人永遠分離的協議。

協議之外另有天地。有著大圖書館、書籍與無盡知識的天地。一個死亡不曾讓菲力見識的天地，一個可能性遠超出菲力想像的未來；他受困其中的領域是如此狹隘。菲力現在覺得自己在擴張，像顆愈來愈大的大氣球，推擠著這個小領域的玻璃邊界。

他不確定這個領域還能容納他多久。

24

里

里從繩軸拉出紫羅蘭緞帶。

他上學時有一個病患來訪，留下的回憶量就一個人而言多得離奇。裝罐桌上擺著三個罐子，濃稠、焦油狀液體滿到罐緣——壞事的回憶。無論病患是誰，一定都經歷過可怕的慘劇。無論如何，里很高興那個可憐的人來找茱蒂絲，現在終於擺脫腐敗的回憶。

壞事最難收納，需要用上不牢靠的四腳梯，然後里還是得把手高舉過頭，才能把罐子順利上架。今天三個罐子都還新鮮，觸手有種令人不舒服的灼熱感。

打完最後一個紫羅蘭蝴蝶結後，里舔舔乾裂的嘴脣。有一瞬間他什麼也沒做，只是盯著三個都標上遺忘的罐子。接著他拿起其中一個罐子爬上四腳梯。他的手舉向第五層的空位，罐子在手中，玻璃煨著他的皮膚。里輕輕把罐子推上層架邊緣，這時罐子滑出他彎起的手指間。

「不！」里大喊。

罐子匡啷一聲砸落地。

里急忙爬下四腳梯，走向事故現場，然而已經太遲。黑色液體發出嘶嘶聲從破碎的玻璃間流出，發出腐爛雞蛋的味道。里掩住鼻，跑向門，但就在這個時候，他的雙腿變得沉重。突然間——

他站在學校走廊，正駕輕就熟地轉動密碼鎖：往左轉到三十五，右轉兩次到十五，左轉一次到二十。他感覺到肩上輕微的壓力並轉身，罵人的話在舌尖。然後他看見她的臉，那些話語隨之消散。

「艾希。」他說。「妳要幹嘛？」

他並沒有打算用這麼刻薄的語氣問這個問題，他懊悔地看著艾希的表情從滿懷希望轉爲受傷。

「對我不用這樣。」她說。

「我不是故意……」他搖頭，回頭面對置物櫃，一把將幾何學課本塞進去。「算了。但是妳爲什麼在公開場合跟我說話？」

「我也不知道；誰叫你從來都不跟我打招呼。」

「這樣比較好。」

「那就別抱怨了。」艾希一甩頭髮。「我正要跟你說我對那顆石頭有什麼發現，但既然你對你的置物櫃比較感興趣——」

「等等。」

他在她轉身離去的同時伸出手。他的指尖刷過她的手肘，艾希僵住。她的目光鎖住他。

「在公園碰面，好嗎？」他說。「現在沒必要改變情況。」

艾希聳肩。「完全沒必要。」

他看著她走開。他想追上去，想爲了有其他人在時他總是說錯話而道歉。艾希爲什麼就是不懂？在公園裡他才有家的感覺。當只有他們兩個人，他們坐在青苔覆蓋的地上，俯瞰深谷，和對方分享故事並進一步探索——他只有在這個時候才能做他自己。在這裡沒有辦法。在這裡永遠不可能，置身一群中學生之中，他們只會嘲笑、八卦、推擠，還有——

里猛吸一口氣。走廊的影像從他的視覺中一點一點退去，換上布滿蜘蛛網的天花板。他平躺在地上，冷汗濡濕他的身體。裝罐房隱約有股血腥味，靠近耳朵的地方傳來嘶嘶的聲音。里用顫抖的雙手把自己撐坐起來。尖銳之物刺入他的左掌；他低頭看見一塊玻璃碎片嵌入他的皮膚，傷口冒出鮮血。摔破的罐子和一圈紫羅蘭緞帶在他身旁，打好的結依然整齊。

里站起，豎起雙耳傾聽裝罐房外的聲音，擔心回憶或媽媽聽見剛剛那場騷亂。不過白楊屋西側一片寂靜。里用沒受傷的那隻手嘎吱一聲推開門，朝走廊窺看。媽媽的房門緊閉；她多半在休息。他的左耳沒聽見回憶的哼唱聲；她一定去樹林裡散步了，陽光照射的午後她總是會出去散步。

里快步走進浴室，在裡面洗掉傷口的血，從藥櫃拿了一個OK繃和消毒酒精。包紮好後，他回到裝罐房，走進去後鎖上門。他勘查災情：只剩下摔破的罐子，內容物消失無蹤。

「欸，當然嘍。」里低語。「回憶在我腦中，現在屬於我了。」

里閉上眼還能再次看見全部——重新經歷他在裝罐房地板失去意識時經歷的一切，只是沒那麼栩栩如生了。他重播記憶。他再次重播。再一次。然後只重播開頭的部分。

「艾希。」

無論現在歸他所有的這段記憶原本屬於誰，那個人認識艾希．海斯汀。里沒見過艾希本人，只看過她的照片一次，就在宣布她死訊的報紙頭條旁；然而在這段有關她的新記憶中，她看起來跟那個無生命的黑白影像幾乎毫無相似之處。她雙眼明亮，充滿色彩與生命力。

里再一次播放這段記憶，這次倉促跳到最後。沒什麼新發現，第一次經歷時沒有遺漏之處。這段記憶是一場發生在學校走廊的對話，就這樣。這哪裡糟了？這段回憶是如何腐敗才變得這麼濃稠漆黑，落得必須存放在第五層？

或許只因為她現在死了才變得腐敗，他心想。

里注視裝罐桌上剩下的那兩個玻璃罐。那些記憶也屬於同一個病患，也跟艾希有關的機率有多高？

里或許笨手笨腳又健忘。他之前也曾打破一罐記憶。但他沒偷過。這下他卻要偷兩罐。他甚至在把第一個罐子的碎片清掃乾淨前便已下定決心。他偷偷把畚斗裡的碎玻璃拿出去樹林裡埋在一堆紅葉下，並趁這段時間把他的計畫想清楚。回到裝罐房時，他再無疑慮。他拿走兩個罐子。玻璃罐仍燙手，但這次他握得死緊，不可動搖。

里把罐子帶回自己房間，放在床底下，還推到難以企及的最深處，這才開始感覺到強烈的不適。噁心感凝住他的胃，他爬上床，閉上雙眼。

「那麼我就該等待。」他低聲說；把話說出口以驅散胃裡的騷亂。「我要等到我感覺好一點，再打開第二罐回憶。如果還是跟艾希有關，我就得弄清楚那到底是誰的回憶。」

接下來，話語變得沉重得難以再說出口，就連思緒也沉重得難以思考，里緩緩入睡，只剩下在耳裡迴盪的一句話：

在公園碰面。

25

葛瑞琴

「嘿，妳，威波。」

聽見有人叫她，葛瑞琴太快轉回身，一腳鞋底在落葉層絆了一下。

「不會走路?要一腳前一腳後啦。」

真希望自己沒轉身。

「我猜她也不會講話。」艾瑪說。

狄倫殘酷地大笑。「嘿，妳到底會不會說話，威波?」

「我只跟值得談話的人說話。」葛瑞琴聳肩把外套的帽子抖正，專心一意朝學校的停車場走去。希望亞沙快點來。

某個硬物撞上葛瑞琴的肩膀。她轉身，看見腳邊有一個計算機，螢幕破裂，電池也鬆脫。

「幹得好。」她對艾瑪和狄倫說。「你們應該知道那是學校的財產吧?」

「那又怎樣？」狄倫說。「妳爸有錢啊。聽說妳幹了什麼好事後他會再買十個給學校。」

亞沙在哪？他來接她放學不曾遲到這麼久。葛瑞琴能夠克制自己的嘴巴不回應艾瑪和狄倫，但無法永遠閉嘴。她完全知道他們兩個想要她問哪一個問題。

我做了什麼？她會這麼問。

狄倫會說：弄壞可憐的艾瑪的計算機。誰會相信妳的說法？妳是全八年級的留校察看冠軍耶。

所以葛瑞琴不打算回應。她答應過自己：不再被記警告、不再違規、不再理會艾瑪或狄倫或任何其他橘桌的孩子。她只希望艾瑪和狄倫可以手下留情、放過她。

葛瑞琴雙手深深插入口袋以躲避刺骨寒風。她的右手指節撞上某個粗糙的東西。她皺眉，抓住那東西一把扯出。

當然了，她怎麼會忘記呢？是她在白楊林撿到的那顆煤球——她原以為是隻狐狸的那顆煤球。

「那是什麼？」艾瑪大喊。「嘿！妳手上拿著什麼？」

不干妳的事，葛瑞琴一面想，一面把煤球塞回口袋。

但是煤球卻不在她的口袋裡。葛瑞琴的手指抓空，掌間除了內襯之外什麼也沒有。她又皺眉，手掌攤平擠壓。沒有。一定掉出來了。

艾瑪尖叫。

「我的天啊，狄倫！你看到了嗎？那裡，就在那裡！」

接著換狄倫尖叫。

「進去。」他朝艾瑪吼。「快點，進去裡面！」

葛瑞琴看著他們發瘋般跑進學校的建築裡，卻完全感受不到他們的恐慌。她異常平靜。她轉身面對嚇壞他們的東西，並不感到害怕。

對啊，她心想。當然會是這樣。

一隻灰色山貓蜷伏在她身旁，尖牙外露、雙眼閃閃發光。牠並不是對葛瑞琴露牙，而是對著玻璃門；艾瑪和狄倫站在門後看著牠，嚇得臉色發白。

葛瑞琴大笑。整件事突然變得可笑。她明確知道山貓不會傷害她，就如同她也知道山貓不久前還是她口袋裡的一顆煤球。葛瑞琴不知道怎麼可能發生這種事，因此她才笑。白楊林裡的灰狐並不是她的幻想；從頭到尾都是那顆煤球。

山貓的黃眼注視葛瑞琴。牠閉上嘴，發出輕柔的嗚咽，彷彿在為剛剛裝出一臉兇相而道歉。接著牠的耳朵警戒壓平。牠聽見了什麼，很快地葛瑞琴也聽見那聲音：轟轟的摩托車引擎聲。

「亞沙？」

葛瑞琴靜靜站在那兒盯著她的哥哥，甚至到他靠路邊停好車後也沒動。她看見而非聽見他用壓過轟隆引擎的音量大吼。接著他的視線從葛瑞琴身上移到她身旁的山貓。他熄火。

葛瑞琴轉向她的山貓，但那兒只剩下草地上的一顆煤球。

「那是什麼？」亞沙跑到她身旁後問。

葛瑞琴一把抓起煤球塞進口袋。「什麼是什麼？」

「剛剛坐在妳旁邊的東西——妳在哪裡找到的？」

葛瑞琴聳肩。「不知道你在說什麼。」

「手拿出口袋。」

葛瑞琴放開煤球，拿出空手給亞沙看。不過她知道亞沙接下來會怎麼做，並在他出手掏她口袋時閃到一旁。

「又不是你的！」她大喊。「我在樹林裡找到的，所以歸我！」

「愚蠢。」亞沙說，不過不再試圖搶。

「你為什麼遲到？」葛瑞琴質問。「威波利齒呢？」

「送去修車廠了。別鬼叫了好嗎？」

「我才沒鬼叫！」

亞沙朝葛瑞琴的口袋點點頭。「那東西不會永遠待在裡面，最好放手。」

「然後給你？」葛瑞琴嗤之以鼻。「想得美。」

「妳不需要給我。它終究會自己找上我，因為它屬於**我**。」

葛瑞琴懷疑這番話的真實性。亞沙可能只是為了找樂子而想侵占她的東西。沒什麼新鮮的。成長的過程中，亞沙侵占過葛瑞琴許多東西：麻線、紅色指甲油、原本屬於媽媽的音樂盒——有東西不見，意思就是被亞沙拿走了。葛瑞琴唯一成功拿回來的東西只有那個音樂盒，只因為她去跟奶奶告狀。

「我要走路回家。」葛瑞琴朝人行道走去。亞沙的腳步與她一致。

「口袋裡有**那**東西可不行。妳不能自己走。」

葛瑞琴加速，不過亞沙一手抓住她的肩膀，把她轉過身，力道大得害她失去平衡往後坐倒。她的右腳踝爆出一陣疼痛，葛瑞琴大叫。亞沙咒罵。

「老天，對不起。對不起，葛琴。」

亞沙從不道歉，除非受威波鎮長或奶奶逼迫。就算如此，他**看起來**也毫無歉意。然而他此刻看起來確實一臉歉意。他不再微笑，眼神關切，臉發紅，而且看起來真的感到**抱歉**。就好像兩週前他當著葛瑞琴的臉甩上房門時一樣。那表情中有種東西只是讓葛瑞琴更加憤怒。

「我恨你。」她用手壓住踝窩。

「我扶妳起來。」亞沙伸出一隻手。

「你為什麼要那樣？我恨你。我恨你。」

「妳沒辦法自己走。」

葛瑞琴試了試。她雙腳撐在龜裂的水泥地上，雙手用力推。但疼痛再次穿透她的腳踝與受傷未癒的手肘。這次她沒叫喊。她沒叫罵。她只是抬頭注視亞沙，勃然大怒。

「我恨──」

「恨我。好。我知道了。但妳還是無法走路。」亞沙在她身旁彎下身。「如果我抱妳，妳保證不咬人？」

「不要。」葛瑞琴咕噥，但是她讓亞沙一手環住她的背，把她抱進懷裡。

他毫無困難地抱起她。葛瑞琴發現亞沙的胸膛非常寬闊、手臂強壯。

「我要把妳放下了。」葛瑞琴這會兒已經閉上眼，所以只聽見無臉的聲音說話。周遭的黑暗感覺不真實，時間似乎走得非常快，同時又非常慢。

某個又硬又不舒服的東西從上方碰觸她的頭。安全帽。手指扣好葛瑞琴下巴處的扣鎖，繫帶收緊，而她都沒說話。腳踝的疼痛仍然大過周遭的一切。

可能斷了，葛瑞琴心想，並發現自己一定也說出口了，因為亞沙回道：「沒斷。最多扭傷。」

然後葛瑞琴發現自己抱住一個堅實革質的東西，風襲上她的臉。然後是一股暖意，她的腳上有水。有人把一個冰得令人難以忍受的東西塞入她掌中，一個她不喜歡的聲音要她用那東西敷腳踝。慢慢地，疼痛緩和了。

葛瑞琴睜開眼。

一切轉為清晰。

他們在家裡，起居室。亞沙坐在長沙發上，她的身旁。葛瑞琴的腳踝上有一個裝滿冰塊的三明治袋，腳踝則靠著沙發上的一個靠枕。葛瑞琴看見亞沙的右掌有一道疤——艾希葬禮上裹著繃帶的那隻手。他注意到葛瑞琴的視線，隨即握拳。

「所以妳在樹林裡找到那東西？」亞沙搖頭。「我在那裡弄丟。它找上妳，我猜我不該感到意外。」

葛瑞琴發現自己已經脫下外套。「我的煤球呢？」她厲聲問。

「那裡啊。」

葛瑞琴轉頭，看見一隻小灰貓坐在火爐旁洗臉。牠警覺地看著葛瑞琴，接著繼續舔洗腳爪。

「那不是煤，」亞沙說，「而且也不是妳的。我才是買下它的人。」

「我不信。」葛瑞琴說。「我為什麼要相信。」

亞沙露出完全不對勁的微笑。「因為我跟死亡買的。」

葛瑞琴目瞪口呆，她無法理解。「你是說……你施行儀式？但是……怎麼會？」

「首先，我是長子。」亞沙意有所指地揚起一邊眉。

葛瑞琴無話可說。

亞沙指了指那隻貓；貓現在蜷成一顆密實、呼嚕響的球，窩在咖啡桌上的地圖集上。「妳看到什麼？」

「一隻貓。」

「但並不總是貓。」

「對。在白楊林的時候是狐狸。停車場時是……美洲獅吧，我想。除此之外是顆煤球。」

「石頭。」亞沙糾正她。「這是許願石。妳知道每個鎮的那組陰影都有一個許願石要賣嗎？只需要付出一個儀式。」

葛瑞琴又看了看貓，只是現在不是貓了，而是石頭，平滑漆黑，擱在開羅的精細地圖上。

「我不懂。」她說。「有什麼作用?」

「理論上，它會滿足妳的願望。不過作用的方式跟我想的不同。它不像神燈。妳不用大聲說出妳的願望。無論妳內心最深處感覺到什麼，石頭便會把那感覺當成妳的願望。它滿足的是那些。同時它也會依自己的想法行事，變成它自己喜歡的樣子。」

葛瑞琴又看了看石頭，只是這次石頭徹底消失;葛瑞琴嚇得一跳，太過突然，弄得腳踝一陣劇痛。她齜牙咧嘴地調整冰袋的位置。「跑去哪了?」

「它想去的地方。」亞沙怒瞪火爐。「無論妳認為這石頭是什麼，事實上都不是如妳所想。」

葛瑞琴仔細思考。「亞沙，你為什麼要施行那個儀式?你有什麼願望?」

亞沙的黑眼仍盯著爐火。「不重要了。」

「死亡是什麼樣子，我是說親眼看來?儀式讓你可以看見他，對吧?」

亞沙起身。「我說了，不重要。」

他的話語冰冷，是葛瑞琴熟悉的語氣，而她發現幾乎因為這種轉變而鬆一口氣。她熟悉這種版本的亞沙，他的刻薄裡有一種古怪的安慰。

亞沙走向起居室門。走到時他開口:「別管那顆石頭了，葛琴，而且不要再碰它。我說真的。跟妳說過了，它有自己的想法。」

葛瑞琴看著亞沙走出起居室。她回頭看自己的腳踝，然後她看見了：一隻灰色小野兔坐在她腳上，快速聞嗅沙發的天鵝絨襯墊。她伸出手，彷彿想抓住牠，但就在她碰到兔毛的那一刻，野兔再度變形，變成她掌中一個小石子似的東西。

她聽見亞沙的警告，也有心聽從。

只是時候未到。

26

菲力

「第一次見血是什麼時候？」

「一天前。盡快過來了。梅文（Melvin）說，如果真有人能治好，那肯定是你，先生。」

菲力站在診療室角落看著文斯和病患閒聊；這名病患是來自庫曼峽谷（Cullman Gully）的礦工。

「請叫我文斯就好。」他告訴那男人。

礦工謹慎地打量他的醫師。他從後門到來後，視線不曾須臾離開文斯。他的鬍鬚花白，眼睛卻閃爍澄澈的綠色光芒，讓菲力想起薄荷。他身上有汽油味，頭髮從汗涔涔的額頭往後梳得平滑。這男人事實上渾身被汗水濕透。汗水從他的太陽穴滑落，在指節形成小水珠，被浸濕的襯衫出現肌肉線條的圖案。

礦工注意到菲利在看他，薄荷眼亮起。他露出友善的微笑，彷彿在說別太擔心這個小老頭。

菲力不希望他死。

「什麼時候開始發燒？」文斯問病患。

「四天前吧，我想，我開始感覺很不對。該早點來的，但是我老婆貝琪不喜歡我來找你。無意冒犯啊，不過有些人說你跟惡魔訂契約。」

文斯抬頭，但不是看礦工，而是看著死神，他正站在門口脫下他的白色晚宴手套。菲力弄不明白，死亡分明是最尋常的事件，專有名詞死亡穿這麼正式有什麼意義？

文斯收好聽診器的聽筒，陰森地笑著說：「很有可能是真的呢。」

「嗯，輪不到我來評價，尤其如果你給我其他人說的那種解藥。」

死亡從精緻的外套內袋掏出一把金屬鑷子。礦工費力地咳嗽，咳得如此劇烈，肩膀猛地前傾，他的衣領撒上一片猩紅。

「菲力，」文斯說，「幫這位好先生拿點飲料好嗎？」

他要死了，菲力心想。*現在做什麼都無濟於事*。

菲力在診療室的任務是安撫病患，讓他們安心。

「死亡工作時，我們什麼也改變不了。」爸爸總是這麼對他說。「我們唯一能做的只有讓離去更容易接受一點。」

於是這會兒菲力端了一杯熱騰騰的綠薄荷茶給礦工，僅此而已。
「真好心，」咳嗽一平息礦工便說，「不過有威士忌的話更好，嗯？」
礦工笑著轉頭面對文斯，然而他的醫師不再回以笑容。死亡來到診療檯尾端。

27

里

里沒跟任何人說藏在他床底下的回憶。他不可能對媽媽坦承自己做了什麼。而自從菲力被處罰後，他們兩個就沒再說過話。至於葛瑞琴，里想要謹慎行事。剩下的兩個罐子可能跟艾希．海斯汀一點關係也沒有，最好不要讓葛瑞琴抱太大希望。無論如何，如果里告訴葛瑞琴，她一定會一直插嘴，並用一百萬個問題攻擊他，而里可不想面對這些。

打破第一個罐子之後，里老是覺得不正常——經常感到頭暈噁心，彷彿關節沒有照原本該有的樣子好好連接。然而到了週三早晨——葛瑞琴把這天定為「儀式之書大劫掠」——他頭腦清楚、腸胃安適地醒來。放學回家後，他把自己鎖進房間裡，打定主意要打開另一罐回憶。

這天沒有病患來找媽媽，所以此刻到跟葛瑞琴約好要碰面的八點之間都沒他的事。他知道這個回憶可能又會害他不舒服，但里希望最糟糕的部分已經過去。或許，他推論，吸收他人回憶跟跑步有點像：如果你一直做，耐力就會提升。

里坐在床緣，雙手緊抱第二個罐子。媽媽總是警告他回憶是脆弱、反覆無常的東西。她從病患身上提取回憶時都要有回憶從旁監督。這個過程經過謹慎計算，且一成不變：茱蒂絲雙手放在病患的額頭，雙眼專注地閉起。她緩緩地從病患腦中抽出回憶。回憶從耳朵冒出來並流過空中，像是一條由閃爍液體構成的緞帶。然後懸浮狀態的回憶打轉，並自己注入在一旁等待的玻璃罐。完成後，茱蒂絲快速旋緊蓋子，以免回憶逃到她腦中或消失。

儘管里曾把回憶上錯架，標籤也寫得很草率，但在他的看管下不曾有回憶逃逸。現在里卻**故意**釋放回憶。

「但這不是錯的。」里低聲說。「有好理由就不算錯。而且如果葛瑞琴遵守她的承諾，我也得遵守我的部分。交易就是這樣。條件交換。」

這次他會特別注意，趁回憶最新鮮時記下一切。這一次，無論如何，他都將弄清楚回憶的主人是誰。一定是波恩山脊中學的學生——這里知道；他認得那走廊。但不是艾希的朋友，至少不是她會隨便公開說話的對象。

里審視手中的回憶。打破第一罐的時候內容物還在冒泡，然後散入他的意識中。現在第二罐回憶已經冷卻、凝成膠狀，不知道是不是還會跟先前一樣。需要像第一罐一樣在地上砸破嗎？還是只要旋開蓋子、深呼吸就好？還是說必須——想到這裡里不禁打顫——**喝下**那濃稠漆黑的液體？

「只是看著並不會得到答案。」他對自己說。「你只能打開然後看看會發生什麼事。」

轉開蓋子時里的手不住發抖。鐵蓋摩擦玻璃罐發出警告般的刺耳聲響。

「我不在乎。」里說。「才不。」

他完全轉開蓋子、放在一旁。他探頭看罐內。那味道出乎他預料。聞起來一點也不臭；是大地的味道，混雜樹葉、翻過的土與靜水。入鼻的氣味不再屬於房間內，而是山胡桃樹林的陰涼處。他對面，坐在潮濕的草地上，是艾希·海斯汀。

「就知道可以跟你說。」她的聲音柔軟濕潤。而他領悟她在哭。一顆圓滾滾的淚珠掉在她的帆布鞋上，浸濕尼龍鞋帶。「我知道你家的人對像我這樣的人是什麼看法。但我沒辦法。我別無選擇。」

「我知道。」他說。

他想把艾希擁入懷中，給她一些堅實、溫暖的東西好支持她。但他不習慣碰觸任何人，不知道該從哪裡著手。他伸出手，隨即感到驚慌，手便落下，反倒尷尬地停在艾希的腳踝上。又一顆淚珠滾落，濺濕他的肌膚。突然間，他不再感到尷尬。他感覺被需要。他感覺一切都沒錯。他的手指圈住艾希纖巧的踝骨。

「大多數時候都沒那麼糟。」她說。「我照熱情的要求做。從來就不是壞事——只是一堆愚蠢的媒合任務，把花送到她說的地方。」

「然後呢？像邱比特的箭一樣嗎？」

「別這樣看我。」

「我沒有。」他又捏捏她的腳踝。「我只是試著理解。」

艾希無力地點頭。「像邱比特的箭，沒錯，差不多。如果你這樣想，我猜我就成了……邱比特的弓。」

「花呢。」他說。「像是紅玫瑰之類的嗎？」

艾希打開背包，手伸進去，示意他把手給她。艾希在背包裡放了一朵亮紫色的花。

「只要你拿近並專注，」她說，「你會知道誰是你的愛。」

他嗤之以鼻。「要是我不相信眞愛呢？」

「你相信什麼不重要。無論如何，我不會說是眞愛。只是會顯示出你當下愛的是誰。」

「所以比較像迷戀的對象。」

他的一根拇指滑過花瓣，接著把花還給艾希，但她搖頭。

「你可以留著。」

「好啊。」他說。「謝啦。」

他不知道她知不知道。如果只是看著一個人，她能判斷那個人愛誰嗎？

她知道他有多愛她嗎？

「我不是故意要對你哭訴。」

艾希拍拍自己的眼睛。「那不是我們來這裡的目的。」

「如果妳不想，我們沒必要今天做。」

「你在開玩笑嗎？我整個星期都在期待這件事。無論我什麼時候試著跟我媽談這個話題，她都不聽。她認爲只有一種做法。海斯汀家的做法。」

「那妳呢？」

艾希看來遲疑。「我在查塔努加時去拜訪了他們的召喚者。」

「艾希，妳不是——」

「他們沒有把他們的儀式鎖在玻璃匣裡。他們願意分享，你只需要付錢。於是我跟他們說我付得起、我想做什麼，結果他們給我這個。」

艾希從背包裡拿出一個東西。筆記本，又小又薄。

「我們做得到，亞沙。」她興奮地說。「我們只需要許願。」

一個聲音充斥他耳中，遙遠的斷音。他搖頭想甩掉那聲音，但斷音卻愈來愈大聲、愈來愈大聲——

里在窒息的驚嚇中回到他房間，手還緊抓著床上的被褥。

亞沙。

艾希叫對方**亞沙**。這些是亞沙．威波的紫羅蘭緞帶回憶。

他是艾希．海斯汀的朋友？他甚至……**愛**她？似乎不太可能。艾希是個受歡迎又活潑的女孩。亞沙卻是……**亞沙**。一個咆哮、騎摩托車的壞孩子。他是召喚者，而艾希是學徒。儘管如此，里深思，這樣就完全不可能嗎？他自己還不是常跟葛瑞琴．威波在一起？葛瑞琴。

他現在必須告訴她有關這個回憶的事。

「里安德（Leander）！」

媽媽的聲音就在房門外。里抹抹眼睛，踉蹌站起。

「來了——呃，等等！」

回憶罐內現在空無一物，不過他還拿在手上。他連忙把罐子塞到床底下。

「還好嗎？」

里橫過房間打開門，眼睛還眨個不停想趕走眼裡的迷霧。茱蒂絲站在門口，沾滿麵粉的手在裙子上抹啊抹。她一臉憂慮；里知道自己看起來一定跟他的感覺一樣糟。

「抱歉。」他說。「我剛剛在讀書。肯定睡著了。」

茱蒂絲還是憂心地皺著臉。「你們兩兄弟在吵架，對不對？」

「什——什麼？妳怎麼會這樣想？」

「出來吧。回憶出去散步了，我想單獨跟你談談。」

就這樣，里發現自己裹著一件編織披巾坐在起居室的沙發上；茱蒂絲的大多數病患都坐這個位置。里用白蠟馬克杯啜飲熱得幾乎要燙疼手的巧克力。儘管里還是頭昏目眩，熱巧克力發揮了一點定神的功效。茱蒂絲坐在里對面，彷彿把他當成一個病患。

「我知道事情不對。」她說。「你一連好幾天沒去溫室了。」

里凝視他的巧克力，一言不發。

「跟威波家的女孩有關嗎？」

「什麼？」里猛地抬頭。「沒有，當然無關！」

對媽媽說謊讓里感覺很糟，但就是不能讓她知道他**蓄意**跟一個威波家的人在一起，更別提還做交易了。

「里安德。」她說。「你可以跟我說——」

「我**很好**。」里打斷她，因為媽媽叫他全名而惱怒。「不好的是菲力。」

茱蒂絲放下她的馬克杯，身體往前靠。「他怎麼了？」

「他惹上麻煩。」

「跟死亡有關？」

里點頭。「我不想跟妳說，因為我知道妳會擔心。我之後有跟他見面，但他不跟我談。所以我就沒管他了。」

茱蒂絲的眼神悲傷；里無法直視，否則他也會一樣悲傷。

「最近有個心煩的男孩來這。」她說。「這麼年輕的人，不該擁有像他那麼可怕的回憶。那回憶充滿失落與罪惡。取出那些回憶對他來說比較好；但就算取出了，他的心裡還是會有殘留物。他永遠無法徹底動搖那些回憶所帶來的感覺。更糟的是，那段回憶中的事件並不完全是他的作為。」

里手指交握，專注地盯著自己的拇指。

「里，」媽媽說，「你會犯錯。你會在無意間做出糟糕的決定，而無論你再怎麼努力保護自己，你都會陷入低潮。我非常希望我的兩個兒子都永遠不會**選擇**踏上一條將創造出腐敗回憶的道路，也就是你選擇不再跟你兄弟說話。」

「但是妳不懂！如果妳認識菲力，妳就會知道他可以多難相處；當他不說話，當他不願——」里突然停住，因為他說出最不該說的話。媽媽永遠無法認識菲力。她永遠沒有這種機會。

茱蒂絲抓起里的雙手握在自己掌中。

「你愛你兄弟，」她說，「在這寬廣的世界中，沒什麼比與你愛的人分離更可怕了。那，你怎麼會主動對自己做這種事呢？」

「媽。」里說。「妳會停止想念他嗎？」

「不會。只要我活著，就會一直想念他們兩個。」

「但妳根本不認識菲力，妳怎麼想念他？」

「你們兩個都在我肚子裡孕育，他跟你一樣。而且別跟我說你因為沒見過你爸就都不想**他**。」

想到這裡，里陷入沉默。媽媽說的當然沒錯：儘管不曾見面，他仍懷抱著一種永不衰減的愛想念爸爸。

關於他和菲力的部分，媽媽也說得對。

「不過，」他說，「我們之間不說話都是菲力造成的。」

「或許是這樣，」媽媽說，「不代表不能由你來導正呀。」

說完她便起身拿走他的馬克杯；雖然他才喝了一半而已。

壁爐架上的鐘響起一刻鐘的鐘聲。里必須在下一次鐘響前出發去威波家。

28

葛瑞琴

因為我跟**死亡**買的。

亞沙的聲音還在葛瑞琴的耳中迴盪。她的哥哥施行了一個儀式。亞沙對**死亡**施行了一個儀式。她到現在都還在努力消化這些事實，但純粹的興奮感讓她幾乎沒辦法思考。她坐在威波宅的後陽臺，裹著一件蓬鬆的外套，窩在一張草坪椅上。根據她的表，現在是七點五十六分。里應該在四分鐘內抵達。

葛瑞琴知道家人都在的時候還邀請維克瑞來很冒險，然而她別無選擇。爸爸都把他的鑰匙放在他的辦公室裡，而他只要出門，一定會鎖上辦公室的門。所以除非威波鎮長在家，否則葛瑞琴沒辦法偷《儀式之書》的鑰匙；而威波鎮長只有清晨和晚上才在家。夜晚似乎是比較好的選項。冒險，沒錯，不過她有計畫。現在，呈杯狀的手裡握著一顆小石頭，葛瑞琴想出一個新計畫。**更好**的計畫。

原本會是她來引開爸爸的注意力、把爸爸叫到走廊，同時間里溜進辦公室偷走鑰匙圈。葛瑞琴一直對這做法感到焦慮，因為里沒進過辦公室，更沒見過鑰匙；葛瑞琴才有。他會需要比較多的時間，有可能會被逮到；她不敢想像要是抓到一個維克瑞家的人溜進他的私人辦公室，爸爸會做出什麼事。

然而此刻，葛瑞琴志得意滿地想著，可以用許願石轉移注意力、她來偷鑰匙，里負責把風就好。這個計畫更快，也更安全。要是知道她打算做什麼，亞沙或許會生氣，但是等到一切結束，她是真心想擺脫許願石。

她再次看表：七點五十九分。葛瑞琴在黯淡的陽臺燈下用力睜大眼查看動靜。她發現確實有動靜，只是並不是她期待的那種。燈光捕捉到一點一點小動靜——又小又快的東西，而且突然間到處都是。

雪。

在這個季節裡算早。波恩山脊通常甚至要到一月多才看得見一片雪花。葛瑞琴咧嘴而笑。她打算把這場雪當作好兆頭，她的計畫會成功的預兆。

「葛瑞琴！」

她直覺地合起手掌握緊許願石。然後她朝跑上前的男孩揮手——不是歡迎之意，而是要他壓低音量的狂亂手勢。

「噓！」她說話的同時，里來到她面前停步，雙手啪地撐住膝蓋。不知道他是不是一路從白楊林跑過來。

「我家人都在，」她低聲說，「我們得安靜。」

里抱歉地點頭，大口大口吸氣。葛瑞琴急著想告訴他有關亞沙和許願石的新聞，不過里看起來一副話語就要像燒滾的茶壺噴出蒸氣般噴湧而出的樣子。

「怎樣？」葛瑞琴催促。

里搖頭，好不容易才氣喘吁吁地把話說出來，雙眼熠熠發光。

「亞沙。妳哥。他和艾希．海斯汀……他們是**朋友**。」

29

菲力

死亡曾多次派菲力去採集藥草，但不曾在這麼晚的時候，也不曾在這麼冷的夜裡。

只消看死亡一眼，菲力就完全了解自己還沒得到原諒，在地窖待了兩晚也沒用。確切來說，死亡的外表向來不顯怒意。不像你預期中看到一個人露出生氣表情的臉那樣。無論何時，他的嘴唇總是細薄蒼白、肩膀挺直。這些特徵不曾改變。改變的是他的眼睛。菲力曾經試著對里解釋，但成效不彰。

「不是改變顏色，」他是這麼說的，「也不是瞳孔大小的問題。是其他東西。某個東西不同了，但在像你我這種真正的人身上並不會有那樣的變化。我知道是**其他東西**，但是沒有文字能夠描述。」

解釋這件事菲力實在力有未逮，就好像里要他解釋綠色這個顏色是什麼感覺。然而儘管他無法解釋，他知道那些眼神變換的意義。因此他看過死亡的眼睛並知道：死亡尚未原諒他。

文斯也知道。菲力準備出發去林子裡找死亡要的菊花時，他站在後廊上。「我無法阻止他。」他對兒子說。「菲力，你懂，對吧？我不想要你去林子裡，但死亡是我的主人，也是你的主人。」

菲力沒說話。

爸爸抓住他的手肘並跪下與他平視。他在菲力的手裡放進一個溫暖的東西。是一塊包在蠟紙裡的培根。菲力把食物收進背包，但沒有道謝，只是扭亮他的電燈籠。

「小心。」文斯說；菲力這時才看著他的爸爸，怒氣在心中沸騰。

「我真希望你沒遇見媽媽。」他說。「我真希望她沒生下我。我沒有選擇要當個學徒，而你也不該選。你應該獨自承受不快樂就好、不該把我拖下水。」

文斯的表情扭曲，而菲力不忍再看。他奔下階梯進入黑暗的樹林。

不該說那些話。甚至在話說出口的當下，他就知道不該說。他很生氣，非常**生氣**，但不是氣爸爸。並不是。過去傷害他們兩個的是死亡，而他到現在仍在折磨他們。

菲力走入黑夜，雪很快開始落下。他接下來的一整個小時都在找紅菊。這是個新月之夜，荒涼樹林要有多黑就有多黑；而且只有他的燈籠照明，進度很慢。

隨著菲力艱難前進，雪勢漸漸加大。風很強，雪花不斷打上他的臉，在他的臉頰上溶化。

終於，搜尋兩個小時後，菲力在一棵光禿禿的橡樹下縮起凍得發疼的四肢。

「我還不屬於你。」他說。「你無法擁有我，死亡。你不能自顧自聲稱你擁有某人，好像我們都屬於你、是某種財產一樣。你不能拐騙我們放棄自己的人生，你再也不能這樣。如果協議能夠被打破，那麼我將會打破它。」

這些話語很可怕，但也很強大。此處，在這座林子裡，菲力在一項作為懲罰的任務中顫抖、疼痛，他不怕大聲說出這些話。

如果協議能被打破，如果可以信任威波家的人，如果儀式是真的……

如果。

如果，那一切都有可能改變。

30

里

葛瑞琴目瞪口呆。「什——你說什麼？」

「艾希。」里還在喘氣。「和亞沙。他們是朋友。而且我認為……嗯，我認為……他們或許在……談戀愛。」

葛瑞琴眨眼。「你發瘋了。艾希和亞沙？」

粉末狀的雪在他們身旁灑落，沾上葛瑞琴黑髮的輪廓。里跑得又快又久，他的肺在燃燒、胃在翻攪、眼前出現斑點。他反省，才剛吸收另一個回憶，或許他不該奔跑。

「我知道聽起來很瘋狂，」里坦承，「但我親眼看到。」

「怎麼看？」

「我……我可能……看了亞沙的回憶。」

「不好意思，你說什麼？」

里沒想過會有多困難——跟葛瑞琴說他偷的那些回憶，而回憶都屬於她哥。不過他還是盡他所能，向她解釋摔破的罐子、他看見的回憶，以及還有一罐他尚未打開。

「然後他們在計畫某件事。」他下結論。「你在山胡桃木公園找到的筆記本是艾希的。寫下那些儀式的是她。」

「但是，」葛瑞琴一臉蒼白，「她又是哪來的？」

「她說她跟其他召喚者買的。她和亞沙用那些儀式要某個我不確定是什麼的東西。但無論是什麼，我想死亡可能因此而殺她。」

葛瑞琴的臉變得更加蒼白。「許願石。」她低語。

「什麼？」

「亞沙說他對死亡施行了一個儀式。他買了一顆許願石。」

「那是什麼？」

「能讓你得到你所渴望的東西。問題是，他們渴望的是什麼……」

葛瑞琴迎上里的目光。「維克瑞，我想我們找到線索了。不過我們此刻有其他行程。我爸在他辦公室裡，因此我們得立刻行動。然後我也有些新聞要告訴你。」

里不確定他的呼吸能否再恢復正常。

他現在在威波鎮長——**那位**威波鎮長——的辦公室裡朝外窺視，以防當事人出現在走廊轉角。他的心臟在重擊，耳裡充斥快速的**咚咚**聲。他一直沒辦法喘過氣來，從他開始跑，到他告訴葛瑞琴關於艾希．海斯汀的事，再到葛瑞琴打開拳頭並對他解釋許願石是什麼。

「它會幫助我們。」她剛剛是這麼說的。「它會給你那些你內心深處渴望的東西，而我內心深處的渴望是弄清楚艾希發生了什麼事。而達到**那個目的**的第一步是讓我爸離開他的辦公室。」

里注視那顆石頭，信心遠遠不及葛瑞琴。「但那是一顆石頭。」

「不，是**許願石**。」

「但妳怎麼——」

葛瑞琴舉起一隻手。「發現大祕密的可不只有你，維克瑞。」

討論結束。葛瑞琴剛剛跟里說，他負責把風，確保沒人走進辦公室。接著她便進屋子裡把煤塊似的石頭放在地上，站好，然後閉上雙眼。要不是里知道內情，他會以為葛瑞琴在祈禱。

接下來，就在一瞬間，石頭從地上消失，原來的位置反倒站著一隻巨大無比的狗。那是一隻聖伯納犬，一身灰毛。狗突然間邁步笨重地沿走廊往前走。透過玻璃門，里聽見葛瑞琴大喊：「爸，快來！家裡有一隻狗！」

葛瑞琴跑出視線外，這時里注意到她的步伐有點跛。不過幾秒後她便回到門邊招手要里進去。

「快。」她說。「趁現在。」

他們跑向她爸爸的辦公室。

這會兒里站在辦公室門口，他能夠聽見房子的其他部分傳來騷動的聲音——男人大吼、老婦哭喊，還有物品翻倒、玻璃破裂的聲音。

「該死！這到底是什麼鬼！」威波鎮長吼道。

儘管呼吸已經夠困難，里還覺得心臟嚇得快破了，他發現自己居然在傻笑。里突然覺得整件事荒謬至極。

他在這裡協助一個威波家的人偷另外一個威波家的人的東西，而且全靠一隻魔法聖伯納犬幫忙！里勉強吞下笑聲，同時葛瑞琴則光速般拉開一個個書桌抽屜又關上。

「順利嗎？」

就在此刻，他聽見金屬撞擊的聲音。葛瑞琴意志堅定的臉散發光芒，她拿起鑰匙圈。

然而里還是無法呼吸。他們只完成一半而已。

他再次掃視走廊。騷動似乎在他們正上方。

「危機解除。」他說。

他們衝出辦公室，穿過走廊進入圖書室。

「好。」葛瑞琴靠近鎖上的《儀式之書》。「好，好。」

她一把抓起玻璃匣的鎖，試著塞進第一把鑰匙。鑰匙滑入鎖孔，但轉不動。葛瑞琴哼了一聲，拔出鑰匙，接著試第二把。鑰匙環上至少有十二把鑰匙。里聽見走廊另一端傳來聖伯納犬吠叫的聲音。

第二把鑰匙和第三把鑰匙都不對。葛瑞琴一面咒罵一面試第四把。順利插進去。接著也順利轉開。

里跳了起來。「成功了嗎？」

葛瑞琴推開鎖，打開玻璃匣蓋；同時間，人的嘴能咧得多開，她的笑容就有多開。

「成了。」她把手伸進去——里沒想過葛瑞琴能夠這麼輕柔——拿起《儀式之書》。

走廊另一端傳來碰撞聲，還有一陣嬉鬧的吠叫。

「回來，你這雜種狗！」

許願石化身的聖伯納犬又帶著威波鎮長回到樓下。

葛瑞琴的笑容消失。她把書放到里手中。

「走。」她說。「去外面等我。」

「但如果妳爸——」

「**走啊！**」葛瑞琴把里推向圖書室的門。他一度回頭，看見葛瑞琴從一個書架使勁拉出另一本大書並放進玻璃匣。稍微仔細查看便可看出那本替身絕對不是《儀式之書》，但如果只是一掃而過，應該還能撐個幾天。

里把《儀式之書》緊緊抱在懷裡，快步穿過走廊。終於來到陽臺後，里不停吸氣；他躲在一個凹處，感覺到心臟不再跳得那麼大聲。

他把書抱在胸前。這本書陳舊破爛，書頁泛褐，拿在手裡很沉。封面以退色金箔寫著《儀式之書》。

但願里的學徒前輩們能夠看見現在的他。

數分鐘過去。里焦慮得坐不住，也僵硬得無法踱步。他站在石凹的黑暗中，祈求葛瑞琴不要被逮到。要是她被逮住會怎麼樣？她會對威波鎮長全盤托出嗎？她會告發里嗎？難道這就是她一直以來的計畫？

落地玻璃門推開，里凍結。要是發現私有財產遭竊，維克瑞和威波家的人會怎麼做？威波鎮長會對里用刑嗎？把他關起來？里又想起哈菲爾和麥考依兩家。

「里？」

是葛瑞琴。她四處打量里藏身的凹處，露出幾乎稱得上微笑的表情。

「你在**那裡**做什麼？」然而她並沒有等里回答。「我把鑰匙放回他的抽屜，然後就在那個時候……你猜發生什麼事？爸大喊狗**消失**了。」

「許願石會這樣？」里問。「直接消失？」

「不知道。」葛瑞琴坦承。「我只知道現在到處都找不到——石頭和狗都一樣。屋子裡一塌糊塗。奶奶激動極了，一直說是無政府主義分子搞的鬼。我想許願石確實不是你以為的那個東西。」

里有一種感覺，葛瑞琴現在是在自言自語，而非對他說話。他把書遞向她。

「我們做到了。」葛瑞琴看著里，幾乎稱得上微笑的笑容加深。「幹得好啊，維克瑞。」

里無法克制。他毫不保留地笑開。「是啊，妳也是，威波。」

因為某種原因，他再度無法呼吸。

「我們有好多事要談，」葛瑞琴低聲說，「不過我必須進去了。奶奶大發雷霆，我不在的話會顯得很可疑。」

她把書推回里懷中。

「什——妳在做什麼？」

「你收好。這會兒我沒辦法偷渡上樓。」

「但是——但——」

里知道他有個不該收下《儀式之書》的好理由，只是此刻那個理由還沒找上他。

「我信任你，維克瑞。」葛瑞琴注視他的雙眼。「我可以信任你，對吧？」

里吞了口口水，說不出話來。他點頭。

「那好。把書收好，明晚準時八點，我們看臺見。我們再來制定計畫，把所有新資訊都納入考量的新計畫。」她伸出一根手指對準里的臉。「最好不要背叛我。」

里看著葛瑞琴快步離開，腳步還是微跛，一直到她溜進屋子裡，抗議才充斥他腦中：

你不能期待我一個維克瑞家的人把《儀式之書》帶回家啊。

我不想再穿過黑暗的樹林。

制定什麼計畫？

但現在一切都太遲，他只能抱著《儀式之書》走開。

31

菲力

菲力還是沒找到紅菊。午夜已過許久，他在寒冷中待了好幾個小時，在白楊林裡打轉，把燈籠的光照進每一個陰暗角落，推開糾結的藤蔓和荊棘灌木，但一無所獲。雪勢已轉強，也開始在夜晚冷卻的地面凍結，菲力不得不啟程回家。他不想空手而回，然而他也知道，要是他在林子裡迷路並凍死，那他就更沒有用處了。

菲力發現地窖門關閉並上了閂，明確地表示死亡在下面就寢休息。他躡手躡腳回房，設定破曉時分的鬧鐘；到了那時候，他會在陽光的幫忙下找到那些花。而且說不定早上雪就停了。

「菲力？」

菲力朝房門外看。文斯站在走廊另一端的廚房裡。他的身形看來巨大，只是一個無特徵的簡略輪廓。

「我明天再出去。」菲力說。「我發誓我會。我會找到的。外面變得好黑好冷，雪又下得好

快，我不覺得我能夠——」

爸爸大步走向他，但菲力退縮。

「菲力，」文斯低聲說，「你也怕我嗎？」

菲力抹抹發紅流鼻水的鼻子。「我以為你會生我的氣。」

爸爸的手臂突然環住他，菲力屏息。接著他閉上眼，頭靠向熟悉的針織毛衣。在那股暖意下，他能聽見爸爸心臟咚咚跳動的聲音。

「我受不了看你吃苦。」文斯說。「你是對的，菲力。這必須是我的責任。就我一個人的。」

「那你為什麼還要生下我？」

菲力發現自己在哭，痛哭。哭得上氣不接下氣。爸爸把他整個人抱離地面，帶他回房、放上床。

「我很抱歉，菲力。」他在床邊坐下。「我很抱歉把你生到這樣的人生。我原本以為有了你，死亡會變得仁慈些。」

「但他一點也不仁慈。」菲力說。「我寧死也不跟你一樣當他的學徒。你不快樂，對吧？你恨他逼你做的事，我知道你真的恨。所以這算什麼人生？」

「這並非我自己選擇的人生，菲力。我甚至沒打算當死亡的學徒。我不是長子；我哥哥傑若麥（Jeremiah）才是。但我們還小的時候他就死了。」

「你當時幾歲？」菲力問。

「六歲。」

「他是怎麼——」菲力嚥下原本的問題，改問「你那時害怕嗎？」

「非常。隨著我長大，害怕轉變為憤怒。我很氣我爸簽下他自己的合約。我很氣我的堂兄弟和朋友免於我相同的命運。我甚至還氣我哥死掉。我當時是個非常憤怒的年輕人，一直到我遇到一位女孩。」

噁心的感覺愈來愈強烈。「媽？」

文斯點頭。

「你們從來就沒想過要有里和我，對吧？」

「我以為最受協議折磨的人應該是我。我沒想過會對你造成什麼影響，菲力。你的人生比你兄弟艱難，而且一定還會變得更加艱難。」

菲力沒說話。他向來知道自己的人生比較艱難，但聽到有人放聲說出，聽到其他人說出口——不知怎地，他的感覺變得好一些。不多，但總是有。

「今晚我領悟，」文斯說，「我或許不是死亡，但生活在他的淫威之下，代表他的作為有些部分也變成我的。當我什麼也不做，對他的懲罰袖手旁觀，就等於是我自己把你丟進地窖，或是在深夜裡派你出去。」

「但是你無能為力。」菲力說。「你是他的學徒，你必須服從他。」

「我是個壞人，菲力。」

菲力抬頭看爸爸。「我不覺得。我之前說的那些……我是在發脾氣。」

「不，你是對的。對我來說，協議令人痛苦，但它也是好的。因為協議讓我愛的人能夠活下去。它給了我你。但對你來說……你只有痛苦。」

菲力不知道該說什麼。「我累了。」他老實地說。

「那就晚安了，我的孩子。」爸爸親吻他的額頭，隨即離開房間。

菲力不知道自己是不是該感到悲傷，或困惑，或憤怒。他想或許這全部情緒他都該感受到。然而在這當下，他只剩下一種感覺，那就是筋疲力竭。

他睡著了，全身衣服都沒脫，甚至連靴子都還穿著。

32

葛瑞琴

「雪紡紗，裘林（Jolene）！我說雪紡紗！」

這天是感恩節，威波奶奶站在二樓走廊的露臺上，看來令人生畏。她的棉花般白髮上了捲子，絲晨褸繫上雙蝴蝶結。她吼叫的時候靠在欄杆上，五官扭曲成葛瑞琴再熟悉不過的表情。葛瑞琴也很了解遇上這種表情的時候該如何應對：別出現在奶奶面前。

裘林是鎮長辦公室的新活動企劃，正承受著奶奶的全部攻擊。奶奶發現裘林訂的欄杆掛飾是薄紗而非雪紡紗材質，正暴跳如雷。葛瑞琴為裘林感到難過，但也不是**太**難過，因為裘林五點就能下班回家；反倒是葛瑞琴，到了晚餐時間，換她必須聽奶奶抱怨至少一小時。前一晚聖伯納犬把家裡弄得天翻地覆之後，她的心情原本就夠惡劣了。那隻狗打破兩個花瓶、撞翻一個骨董精雕衣櫃，甚至還撞掉牆上的家人肖像——最嚴重的是奶奶的個人肖像，畫的時候她還是個鑲鑽的名媛呢。

「那是蓄意破壞！」昨晚奶奶這個哭喊，一面在起居室裡打轉，此時威波鎮長正在和莫瑟警長通電話。「某個惡棍闖進我們家，把那頭猛獸放進來！」

沒人能解釋怎麼會威波鎮長明明把狗困進食品儲藏室，再打開門後卻不見蹤影。消失無蹤。當然，除了葛瑞琴之外——還有亞沙。他們坐在起居室、被迫聆聽奶奶的激烈長篇演說時，葛瑞琴感覺到他的視線落在自己身上。亞沙知道那隻聖伯納犬是什麼，也知道牠為什麼消失，他還知道葛瑞琴又故意使用它，只是他並不知道是為什麼。她整晚都沒對上他的視線。奶奶終於放他們回房時，她沒說話，亞沙也沒對她說話。

葛瑞琴有罪惡感，這真是種古怪的感覺。她很少產生罪惡感，就算做錯事被奶奶或輔導老師找麻煩時也一樣。她更不曾因為亞沙而產生罪惡感。他才是不乖的那一個。殘忍傷人的那一個。犯錯的那一個。

只不過葛瑞琴現在不知該作何感想。最近這幾天以來，她看過幾次她不認識的亞沙一閃而逝——一位仁慈，幾乎稱得上關愛的兄長。這會兒里昨天告訴她的事在她腦中嗡嗡作響：亞沙認識艾希．海斯汀。他們一起做某件事。甚至，艾希死的時候，他說不定也在山胡桃木公園。

無論葛瑞琴怎麼修剪拼湊，她還是不知道該拿這些資訊怎麼辦。她只知道亞沙和她分享了重要的事。他告訴她一個祕密，並表現得很親切——就亞沙而言，夠親切了。葛瑞琴的回報卻是忽視他的警告。之後罪惡感便一直在她心裡叮刺。不過她的腳踝也陣陣刺痛；罪魁禍首是亞沙，葛瑞琴提醒自己，彷彿這就讓她有正當理由使用許願石。

感恩節只是另一個葛瑞琴希望自己並非某重要人物女兒的原因。電影和電視節目中，感恩節對其他人家來說似乎是如此歡樂的時光。應該是由大餐、紙牌遊戲、足球，以及沐浴著金黃午後陽光在成堆落葉間奔跑構成的漫長一日才對。然而威波家卻從來不是這麼回事。沒親戚來鎮上；祖字輩只剩下奶奶了，葛瑞琴也沒有值得一提的阿姨或叔叔，因此沒有堂表兄弟姊妹。威波家的人不玩紙牌遊戲，也不奔跑。感恩節只代表葛瑞琴會放幾天假，然後非但沒有大餐，還因為奶奶開始準備她的宴會，他們只能在廚房裡翻找能夠果腹的東西。因為在威波家，真正的大事並不是感恩節，而是隨後僅隔兩天的耶誕宴會。

奶奶每年都會提醒全家人，宴會就是**一切**。所有人都會參加，從幾位田納西州議員到西維吉尼亞州長，再到當地的百萬富翁爵瑟．懷特（Jessup White）。對波恩山脊這樣的小鎮來說，這出席名單非常驚人。每年的宴會都必須完美無缺，不僅如此，還要超越前年。

威波鎮長的任務最輕鬆。宴會的幾天前，他都待在他樓下的辦公室，常常整頓晚餐都沒出來。他聲稱是公務相關的加班，但在十一月的一個深夜，葛瑞琴不只一次看見他踩著微醺的歪斜腳步走到車道上，朝那些開車順道經過、穿西裝笑哈哈的男人叫喊。她嫉妒爸爸是唯一能真正躲避奶奶惡劣心情的人，不過她也覺得哀傷，一個成年男子居然還會怕自己的媽媽。

葛瑞琴一整個早上都按照奶奶的要求做事：擦亮銀器、刷地、撢掉家具上的灰塵；就算是沒人使用的地方也一樣，例如：後起居室和客房。葛瑞琴知道什麼時候該做事才不會惹得奶奶又發脾氣：只要她從早上到剛過中午的下午都乖乖聽話，接下來的整個感恩節奶奶都不會煩她。所以葛瑞琴才選擇約里今晚見面。所以葛瑞琴才會在這時候開溜。

亞沙躺在樓梯頂，頭從最上層的梯階垂下。他在聽音樂，重擊的貝斯聲飆出耳機外。亞沙這天的唯一責任是把院子裡的落葉耙成一堆，他不到一小時就做完了，此刻看似對這世界徹底麻木。葛瑞琴不知道自己能否神不知鬼不覺地從他身旁溜過去。她躡足踩上階梯，來到哥哥身旁時，她的腳跨過他的肩膀，只有帆布鞋的鞋尖碰到地毯。

亞沙的眼睛倏地打開。

葛瑞琴尖叫，踉蹌退下頭兩階樓梯，受傷的腳踝抗議地陣陣發痛，葛瑞琴咒罵。亞沙坐起，頭髮被地毯磨出靜電，一頭黑捲髮亂七八糟。他扯掉耳機，瞪著葛瑞琴的雙眼中一樣怒氣騰騰。

「妳搞什麼？」他問。

「你擋在路上。」

亞沙微笑。「所以？」

要是亞沙知道葛瑞琴偷了《儀式之書》，他會怎麼說？他會為她感到驕傲嗎？還是說他會吼她、像在山胡桃木公園時那樣扯她的手臂？她還感覺得到他手指的抓握、還聽得見他那冷酷、尖銳的言詞：沒有下次。

要是葛瑞琴問亞沙有關艾希．海斯汀的事，就在這裡，他會怎麼說？他會否認、發怒、吼叫嗎？他會解釋為什麼假裝不認識她嗎？不過不對，葛瑞琴停下來思考。亞沙沒說過他不認識艾希。葛瑞琴只是沒問過他；那個可能性似乎非常不可能。至於里說的另一件事，有關他們在……**談戀愛**。那不可能。里一定看錯了。

我知道你的祕密，葛瑞琴想這麼說。但她現在不能冒險惹亞沙生氣，尤其如果亞沙真的生氣也算她自作自受。她需要先了解所有真相。她需要先聽里說出亞沙的最後一段回憶，然後她再決定下一步。

亞沙縮起雙腿弓向胸口，示意葛瑞琴通過。她覺得這可能是個惡作劇。她肯定亞沙會試圖嚇唬她，或抓住她現在還一碰就痛的腳踝；她因為這樣的預期而感到陣陣刺痛。不過亞沙什麼也沒做。他真的讓她過去。葛瑞琴沒對這行為或亞沙本人做任何表示。她往前走，頭抬得高高地，朝她的臥室走去。

「打賭三百元裘林會在宴會前辭職。」

葛瑞琴停步、轉身看著她的哥哥。亞沙是在跟她開玩笑嗎？

「呃……對啊。」她一頭霧水地說。「奶奶今年比以往還嚴重。」

亞沙微笑。不是那種不對勁的笑，就只是笑而已。

葛瑞琴深吸一口氣。然後，儘管心裡覺得不要這麼做比較好，她仍回到亞沙躺著的地方，在他身旁坐下。

「**我們**不能辭職真是爛透了。」

亞沙耳機傳出的吉他尖叫聲中斷。

「對啊。」他說。「爛透。我們被困在威波家的身分裡。」

「亞沙。你說過……我們被詛咒。還有人因我們而死。這是什麼意思？」

亞沙啃咬拇指翹起的死皮。「沒什麼。只是想嚇妳。」

「不對，你是說真的。」葛瑞琴堅持。「你認識死掉的真人嗎？因為召喚者？因為儀式？」

「省省吧，葛琴。」亞沙呻吟。「妳和妳的蠢假設。如果我是妳，我會擔心真正的問題。例如……亂跑的野狗。」

葛瑞琴的臉轉紅，罪惡感再度在她心裡叮刺。

「警告過妳了。」亞沙說。「許願石自行其是，只會帶來麻煩。」

「沒給我帶來麻煩。」葛瑞琴抗議。「我確實希望它大鬧家裡。無論如何，又沒人受傷。」

亞沙猛地抬頭看，短促一笑。「對。是啊。沒人受傷。」

「我很抱歉我用了許願石，」葛瑞琴說，「不過我有好理由。」

「隨便。現在不見了，對吧？」

葛瑞琴點頭。

「那好。這樣最好。」

「裘林，板條箱在哪？裘林。**裘林**。」

奶奶尖銳的女高音在走廊迴盪，葛瑞琴和亞沙飛快地看了看彼此。

「閃人。」亞沙說。

「好。」葛瑞琴說。

安全回到房間後，葛瑞琴回想剛剛的經過。亞沙跟她說話，單純地**說話**。沒完沒了的奇蹟嗎？亞沙幾乎友好，維克瑞家的兄弟還是她的同盟。奶奶成了唯一不變的左派，這可真是個亂七八糟的世界啊。

33

菲力

菲力還沒行動，儘管他已經看見燈籠閃爍亮起，也聽見西側紗門發出嘎吱聲。他等待大半小時，一直等到他把晚餐的碗盤洗好收好，等到爸爸隨同死亡回診療室檢視最近剛風乾的藥草。

根據里開學時從波恩山脊中學帶回來的行事曆，今天是感恩節。那裡，十一月的第四個週四，小小的紅字寫著「感恩節」。對整個世界來說，這三個字有其意義。但在白楊屋東側，十一月的第四個週四只是另外一個尋常日。

「那是給大家庭過的節日。」有一年文斯這樣對菲力說；當時菲力年紀小，而且太蠢了，竟然問爸爸爲什麼我們不過感恩節這種問題。

菲力當時接受了爸爸的解釋，就這樣放下；儘管他後來發現最小的家庭也會在這天吃火雞配蔓越莓醬、看電視上的遊行，也久不再掛懷。真正煩人的是，就在一牆之外的白楊屋西側，他的媽媽和兄弟其實會**過**感恩節。不是什麼大餐，里對菲力拍胸脯——只是用鹽好好醃過的鄉

村火腿、一鍋燉青豆，還有一個山核桃派。這週菲力看過幾次里從鎮上帶回食物雜貨，被沉重下垂的紙袋壓得直不起腰。

菲力和爸爸不吃雜貨店裡賣的食物。他們的燉菜來自後院，文斯治癒的病患經常在過節的季節送來一籃籃自製食物。從各方面來說，這些病患的手藝都很好，但他們做的食物還是比不上茱蒂絲．維克瑞做的料理。每次感恩節的夜裡，里都會拿一大塊媽媽做的核桃派出來給菲力吃。直到這一夜。菲力還是不跟里說話，或是像平常那樣跟他在溫室見面。而若是沒見面，也就不會有派。

菲力很後悔像那樣推開里、隱藏自己的感覺。他不是故意要那麼久不講話。只是每過一天，開口說話這件事就連用想的都變得更加困難。羞愧湧上心頭——羞愧於受懲罰；羞愧於里分明是唯一能夠理解的人，他卻抗拒他的兄弟這麼久。不過今天是感恩節，家人的時光，今晚可以是把一切導正的一夜。

菲力出去外面的溫室；里坐在裡面讀一本擱在大腿上的厚重書籍。一片腐朽的木地板在菲力的腳下嘎吱了一聲，里抬起頭。

「你想幹嘛？」他問——超過兩週後首度對菲力開口，遠遠稱不上友善。

菲力說：「恢復談話。」

他們沉默地看著彼此。十一月的風壓著溫室玻璃颼，拖出哀切的悲鳴。

「他把你鎖在下面嗎？」里小聲問。菲力點頭，里接著說：「對不起。都是我的錯。」

菲力搖頭。「是我自己要跟你去的。不是你的錯，我不該讓你有這種感覺。」

里低頭看大腿上的書。菲力現在的距離夠近了，看得清蛇皮的封面。

他見過這本書，在威波家的圖書室，鎖在玻璃匣中。他不知道的是里怎麼有辦法拿到手。有個東西在菲力的肋間爆裂——一陣短暫、打亂他呼吸的疼痛。他和里才幾天沒說話，他就變得對兄弟的生活一無所知。

「葛瑞琴和我弄到的。」里說。

菲力沒立刻搭腔。「以前，我不認為我們對協議有任何辦法。」

「現在呢？」

菲力焦慮地一瞥白楊屋東側。「我們不該在這裡談這件事。」

里合上書，兩個男孩走進樹林，朝鎮上的方向走了五分鐘之遠。里沉默不語，把《儀式之書》裹在他的冬季外套下緊緊抱在懷裡，沉重地對著他的圍巾呼吸。菲力在一棵楓樹下停步。儘管已下過本季的第一場雪，這棵樹的葉子仍頑強地緊緊攀住樹枝，用力得都轉為血紅色了。里以一種新的表情凝視菲力——好奇，或許興奮，這讓菲力對自己將要說出口的話感到更加緊張。

「如果你和葛瑞琴・威波認為真有辦法打破協議，那我願意嘗試。」

里雙眼發光。「真的？」

菲力點頭。「我一直在思考這件事。想了很多。」

「我也是。現在你終於站在我這邊……」

菲力肋間的那個洞破得更大了。「我不曾不站在你那邊。我只是不想要你受傷。草率對待協議很危險。」他聽見一根紅蠟燭嘶嘶熄滅的聲音——提醒著他死亡的懲罰。「非常危險。」

菲力抓住低垂的楓葉，拔下後在指間轉動葉柄。「我受夠看人死掉。我十三歲。我不該非得每天看著人死掉。」

「你比我難過。」里突兀地說。「你和死亡一起生活，情況更惡劣。」

兩兄弟間一陣短暫無言。菲力看著里，里也看著他——沉默地承認他們兩個都一直知道的事實。

「不是你的錯。」菲力說。

「我知道，但我還是感覺很糟。」

菲力深吸一口氣，「別。倒是告訴我你和葛瑞琴都做了些什麼吧。」

里讓書從外套下滑出來。金箔書名閃閃發光，而菲力儘管有所預期，那四個字還是讓他心裡一陣騷動：儀式之書。

「要幫你趕上好多進度。」里把《儀式之書》遞給菲力。「葛瑞琴和我，嗯……借了這個。我整晚都沒睡一直在讀。我們今晚要在學校碰面，決定下一步行動。」

「也就是？」

里說：「我們最好坐下再說。」於是兩兄弟在凍硬的地面坐好。

「書裡不只有儀式，看。」里翻到第一頁。「還有歷史。有關召喚者和他們以前都做些什麼的故事，也有陰影的故事。」

里的手指畫過兩小段落的文字。菲力看了看綠色墨水的草寫標題；每個標題都是一個新故事的開頭：

回憶在波恩山脊地一家孤兒院的作爲，一八〇一

威波就任

工業——羽石罐頭工廠開幕

「波恩山脊的歷史。」菲力低聲說。

「裡面有些我原本不知道的事。召喚者並非從頭到尾都是壞人，菲力。他們不該只是統治城鎮、做些讓自己變有錢的交易。他們是有目的的。好的目的，就像葛瑞琴所說。他們應該要照看他們的城鎮、保護人民安全。陰影的行為是有規範的，確保他們不至於失控，召喚者就是負責執行這些規範的人。至少他們應該要那樣做才對。看這裡。」

里碰觸一行寫著死亡與戰爭瘟疫的標題。「一八一二年的戰爭時期，鎮上發生瘟疫，奪走波恩山脊整整四分之一的人命。我們在學校有學到這段歷史。不過這本書裡還說了其他老師沒告訴我們的事。書裡說瘟疫並不是因為衛生狀況差或悶熱的夏季；而是因為死亡**失控**。他開始只為取樂而殺掉命定時間未到的人。就在這個時候，威波鎮長——老威波鎮長，我猜是葛瑞琴不知道幾個曾的曾祖父——介入了。他施行了某個稱為審判的儀式。根據這本書，在一名召喚者所能施行的所有儀式中，審判儀式最為重要，能夠在其中一個陰影違規時召來三個陰影全體，由召喚者審問違規的陰影，另外兩個陰影則負責評判。因此在那時，老威波鎮長施行了那個儀式，他和熱情、回憶一起把那個死亡逐出波恩山脊。然後另外一個死亡來接任，『瘟疫』隨即終結。一切恢復正常。」

里翻過書頁，手指另一個標題：一九二二事件。

「還有這裡，附近的幾個採礦鎮還沒設立正式的城鎮時，都由波恩山脊的回憶掌管。她偷走礦工的回憶，讓他們都在嚴重失憶的狀況下走來走去，只因為她不喜歡採礦鎮變那麼髒。那些男人甚至不記得自己妻子小孩的名字。大家原本都說是因為礦坑深處的氧氣太稀薄，不過當時的威波鎮長知道實情。他施行了審判儀式，而死亡和熱情驅逐了回憶，新的回憶——**我的**回憶——取而代之。一切回歸應有的樣貌。因為那是威波家的真正工作：他們保護城鎮；他們維持萬物平衡，確保力量受到約束。」

里往前翻，來到除了一段文字之外一片空白的一頁。「但是看看這裡。條目呢？到一九九八這裡就停了。當時發生什麼變化。或是**某人**變了。或許是葛瑞琴的爸爸。我猜想威波家的人忘記了自己的工作是什麼。或許是他們決定要刻意遺忘。那所有財富與權力，還有美好的婚姻與長壽——或許都讓他們墮落，他們無法再當公平的好召喚者。無論是什麼原因，威波家的人沒有善盡他們的責任。」

里說話的過程中菲力都在沉思。到了此刻，不停湧入他腦中的懷疑終於爆發：「爸和媽發生的事——那個協議——你覺得是死亡和回憶違反規定嗎？」

「我不知道。」里說。「但若是，我們沒有一個威波家的好人能夠懲罰他們。天知道陰影們從一九九八年到現在做了多少壞事。如果他們做錯事，威波家的人有權讓他們受審；但如果一開始就是威波家的人**讓**那些壞事發生……唉。」

里又翻頁。這部分文本的排列方式有所不同，並非分段，而是短行且寬行距，看起來像詩。每一首詩前各有一個細金字的標題。標題和詩之間各有一個簡短清單——材料與說明，跟食譜一樣。儀式。里停在寫著「審判儀式」的那一頁。

菲力感到一陣透骨寒冷。突如其來的恐懼之下，他翻開右眼的眼罩四處張望。要是被死亡聽見，就算只是耳語……

里猜到兄弟的心思，於是抓住他的手讓他安心。「我們不會被他發現。你知道這代表什麼意義，對吧？如果我們能讓另外兩個陰影驅逐死亡，這裡說他的所有交易都會失效作廢，也就是說——」

「死亡不能強制執行協議。」菲力說。「那……就能夠破解協議了。」

里的呼吸因興奮而加速，然而菲力並無笑意。他還是沒有安全感。「你真的相信葛瑞琴所提供的所有資訊？」

菲力注意到里的雙頰突然地泛起紅潮。「我真的覺得她站在我們這邊。」里說。「我們現在需要一個威波家的人。而且我想……我想我們也能幫她。她需要一些她只能從我們身上得到的東西。」

「要是爸知道我們跟她說話，一定會非常生氣。」

「媽也是。但他們不認識葛瑞琴，也不知道這本書上說了些什麼。我覺得如果他們知道，他們也會了解。」

菲力想著死亡在那個傾盆大雨的夜裡潛伏在他窗外。死亡手上的鐵鎬子來到生病老礦工的心口。

他想著爸爸昨晚說的話：我是壞人。

他想著地窖。

「那就來做吧。」菲力。「該做什麼就做什麼。」

里的笑容益發開朗。這次，菲力也回以微笑。

「噢！」里說。「等等。差點忘了。」

他從外套裡撈出油紙包裹的一團東西放進菲力手中。菲力剝掉油紙，露出黏呼呼的肉桂與碎核桃派餡。

「本來要放在後門那裡，」里說，「但我想現在應該不用了吧。」

維克瑞雙胞胎終究將共享他們的感恩節核桃派。

34

里

葛瑞琴在看臺上等他。從操場對面看，她就只是一個紫色羽絨外套和成套羊毛帽構成的小點。

里遲到了。他跑過一段，但才一分鐘就覺得噁心想吐，不得不停步捧住胃，非常確定自己隨時會吐出來。到現在噁心感還未退，覺得頭昏，彷彿腦袋裡的內容物少了一半。這些是吸收他人回憶的副作用，他知道。他原以為症狀已消退，今晚卻比先前更加嚴重，拖慢他踏上操場的腳步。

真希望葛瑞琴沒選擇坐在最高那層。他爬到眼花，剛好就在抵達她身旁時踉蹌了一下，失去平衡，跌到葛瑞琴身上。葛瑞琴尖叫，但仍伸出雙臂接住里。

「還好嗎？」她的嘴唇在他的臉頰上刷出這個問句；里很肯定這是個意外，因為葛瑞琴隨後立刻完全放開他，里則是掙扎著站穩，而後坐下。

葛瑞琴不自然地假笑。「想做什麼，維克瑞？吻我嗎？」

「什麼？」

里希望黑暗掩飾了他火燙燙的臉紅。艾瑪是在橋桌下牽過他的手沒錯，但不曾有女孩把嘴唇貼在他臉頰上——這幾乎等於一個吻，而且完全是葛瑞琴的錯；里很想對她指出這一點。不過他還沒來得及開口，光線先射入他眼睛，他叫出聲。葛瑞琴打開手電筒衝著他的臉照。

臉紅根本無所遁形。

「你看起來不太妙。」葛瑞琴說。

「我感覺不太妙。」

「腸胃炎之類的嗎？」

「是那些回憶。」

葛瑞琴豎起雙耳。「全部告訴我。」

「已經說了啊。」

「但你說還有一個回憶！你為什麼還不看？」

「沒那麼容易。」里抓著自己的頭。「看了的話我想我會吐得到處都是。看那些回憶有點像，我不知道，大概像是連續搭軌道超級扭曲的雲霄飛車一百次。」

「嗯。」葛瑞琴看起來有一點感到同情。「不過你要想成是為了目標而付出的犧牲。那則回憶裡可能有我們所需的全部資訊，或許能夠證實我們的理論。」

「什麼我們的理論？」

「亞沙和艾希是朋友。」葛瑞琴似乎說不太出口。「還有……他們一起施行了許願石儀式。至於是**為了什麼**……嗯，就是我們還在努力釐清的問題了。總之死亡對他們做的某件事發怒，然後——然後——」

「殺死艾希。」里輕聲說。

「對。就是那樣。」

里並不怪葛瑞琴露出噁心的表情。他們或許知道了艾希的死因，但並沒有辦法讓她起死回生。無論如何都沒辦法。

「我會看那個回憶。」里說。「很快。但現在我有其他重要新聞。」

里把《儀式之書》從背包拿出來放在大腿上。葛瑞琴用手電筒照亮封面。「看起來真慘。」

「一直都這樣。」

「嗯。」葛瑞琴碰了碰書，滿腹心思。「然後呢？我假設你應該整本讀透了，有什麼發現？」

就是現在：告訴她一切的機會。只不過里的胃是熔岩，腦則是不毛平原。他閉上雙眼，用鼻子吐氣。然後他告訴葛瑞琴他的發現——有關陰影和威波家和歷史和，最重要的部分，審判儀式。他說完後，葛瑞琴立即拿起書往後翻。她從頭到尾讀完審判儀式，沉默片刻，然後說：「我們讓死亡受審。」

「沒錯。」里說。

「不過說真的，根據你跟我說的一切，我猜我們可以讓所有陰影都受審。熱情像開玩笑一樣撮合你爸媽、回憶威脅要拿走你爸的全部回憶。這些聽起來都很可疑。不過死亡才是我們要追的那一個。他最糟。訂定協議、把菲力鎖在地窖、殺死艾希——而我們還不知道他**為什麼**要這樣做——無庸置疑都是越線的行為。怎樣，你不覺得嗎？」

里點頭，但對葛瑞琴扮了個鬼臉。「妳聽見我剛剛說有關妳家的事了，對吧？他們讓這一切發生。妳不……」

葛瑞琴皺眉。「我不怎樣。」

「欸。氣我說那些嗎？」

「我很氣你逼得我得用受傷的手肘接住你。」葛瑞琴碰了碰手臂，隨即一縮。「其他的部分不氣。又不是你的錯。總之，如果你說的都是真的，那我幹嘛要生氣？所以我爸沒做他該做的事；偷聽到他跟莫瑟警長和驗屍官談話後我就猜是這樣了。」

里不知道自己該感到鬆一口氣還是悲傷。但葛瑞琴也沒給他時間多想。

「死亡。」她說。「你同意，對吧？我們讓死亡受審。」

里點頭。「如果死亡遭驅逐，代表協議失效作廢。書裡是這麼說的。菲力和我都弄清楚了。」

「菲力，哼？你讓他加入？」

「他也站在妳這邊了，信不信由妳。」

葛瑞琴哼了一聲。「是嗎？」

「別露出這種表情。」

「什麼表情？」

「一副妳想朝菲力的臉揍一拳的樣子。」

「好。」葛瑞琴聳肩。「**確實**有助於我們施行儀式。你有看到需要用到什麼東西嗎？」

里念出材料：「一段回憶、一朵花，還要一根燃燒的蠟燭。取自各陰影的一件物品。」

「對。所以菲力可以偷一根蠟燭，你可以摸走其他回憶，而我……嗯……你對熱情有什麼認識？」

「妳是說陰影熱情？」

「**不然呢**。」葛瑞琴說。里不知道自己為什麼臉頰發燙。「我們必須找出海斯汀太太住在哪、偷走她的一朵花。到底是什麼花？玫瑰？還是——」

「不，不是我認識的花。在回憶裡看起來是紫色的，有肥厚的大花瓣。」

葛瑞琴沉思皺眉。

「我不確定我對偷海斯汀太太的東西是什麼感覺。」里說。「我是說，艾希才剛過世，而……嗯，我知道技術上來說我們是偷熱情的東西，但——」

「等等。**紫色**的花？」

「對。」

葛瑞琴闔上書，又把手電筒對準里的臉。

「噢，做什——」

「給我三天。」

「什麼？」

「三天。我有個點子。而你要看最後那個回憶。盡快，好嗎？」

「好。」

「那就這樣。我們三天後再見面。你帶另一個回憶加上菲力和他的蠟燭，我帶——讓我們懷抱希望——那朵花。」

「不過葛瑞琴——」

「不過葛瑞琴**怎樣**？」

這場會面中，里最不想面對的就是這個部分。

「妳……妳不是第一個孩子。」

葛瑞琴皺起鼻子。「所以呢？」

「所以……」里沒把話說完。古老規則的重量沉甸甸地壓在他們身上。

「我還能找誰，里？」葛瑞琴爆發。「我爸？**亞沙**？門都沒有。」

「對啦，但如果妳不能施行儀式，那——」

「我能！」葛瑞琴說。「我**知道**我能，只要給我機會。怎麼，你對我一點信心也沒有嗎，維克瑞？」

里覺得葛瑞琴的態度太高高在上，於是他站起並說：「妳差點害我死掉，記得嗎？」

「一次。」葛瑞琴。葛瑞琴微微一笑。「就一次而已。」

里嘆氣。「三天？」

「三天。」葛瑞琴把書交還給里。「你必須保管。絕對不能冒險讓我家人發現我偷了書。幹嘛這樣看我？」

里嘆氣。「我覺得放在我家很怪。我怕死亡或回憶會發現。擔心他們或許能夠，不知道，聞出味道之類的。」

「他們還沒聞出來，對吧？」

「呃，對，但是——」

「三天。沒那麼漫長啦。時間地點一樣。說定了？」

里不知道自己幹嘛嘗試跟葛瑞琴爭論。一點意義也沒有。「好。」

他以為葛瑞琴會直接走開，但她沒動，只是斜眼看他，許久之後才說：「維克瑞，你有沒有懷疑過，為什麼我們應該是敵人？我是說，真正的癥結點是什麼？因為看起來我們合作就能做更多事，毫無疑問。」

里點頭。「說不定陰影知道為什麼。」

「對，說不定。又或許我們人類就是太蠢，無法共處。」

葛瑞琴嘆氣，起身，大步走下看臺。然後她停步轉身面對里，手上的手電筒照亮自己的臉。照理說應該看來像鬼，然而實際上葛瑞琴．威波在強光下無比美麗。她的黑髮揚起在風中亂舞，紅寶石色的嘴脣拉開微笑。

「我很興奮，維克瑞。」她不再公事公辦。依她現在說話的模樣，里幾乎能夠把她想像成學校裡一個尋常的女孩。或許能夠成為他朋友的一個女孩。或甚至……不只是朋友。

「我覺得可能這就是了。」她說。「我覺得我們快要解開所有謎題。」

「希望如此。」里說。葛瑞琴轉身離開。當她走到操場上時，里忍不住又開口。「葛瑞琴！」

她再度轉身。「嗯？」

「妳，呃，**想要**我吻妳嗎？」

葛瑞琴大笑。笑聲重疊碰撞，嘹亮如水晶，好不容易止住後，葛瑞琴說：「真是個蠢問題。」

她轉身，獨留他在黑暗中，抱著《儀式之書》滿懷心思。

三天。

三天內打開最後一個紫羅蘭緞帶玻璃罐。

35

菲力

菲力站在地窖階梯，手裡拿著一根紅蠟燭。從死亡的收藏中偷走一根蠟燭，這違反了他所學過的一切。話說回來，里和葛瑞琴為審判儀式做的事也很危險。里要從媽媽的收藏中偷走回憶。葛瑞琴在鎮上做她自己分內的工作，搜尋著熱情的花朵。若想打破協議，他們三個都必須使出全力。菲力抓著偷來的蠟燭，此刻這樣提醒著自己。

菲力知道風或呼吸這樣尋常的力量無法吹熄燭焰。蠟燭只有在死亡取走對應的生命時才會熄滅。不過他還是謹慎地拿著蠟燭，擔心自己上樓時跌倒，或是被抓，儘管他小心計算過，趁死亡和文斯在診療室忙著處理病患時溜進地窖。

菲力應該要在廚房調煮藥草與甜菜根藥湯才對。沒多少時間能夠把蠟燭藏回他的房間，再若無其事地回到爐灶前。

菲力沒時間猶豫。

然而他卻卡在這兒，僵在地窖階梯上，盯著並不只是紅蠟燭，而是一個**生命**的燭焰——波恩山脊的一個居民，可能是里的一位老師，也可能是在小溪餐廳為菲力送上炸酸黃瓜的男人，或甚至葛瑞琴・威波本人。

「別想了。」菲力告訴自己。「**做**就對了。」

腳動了，帶著他走上嘎吱響的樓梯；他鬆一口氣。他把蠟燭放上他擺在房間角落備用的燭臺；高大的雕飾衣櫃遮住燭臺存在的痕跡。

接下的兩天都會把蠟燭藏在這。蠟燭會在這裡繼續燃燒到週日晚上；到時候他、里和葛瑞琴將會面。

只要兩天，菲力暗忖。*跟接下來的人生相比，兩天不算什麼。*

他急忙回到廚房，甜菜根藥湯已經在滾了。他攪拌藥湯，隨著每一次攪動，他一再對自己保證：*只要再兩天。*

36

葛瑞琴

今天是週六，年度耶誕宴會之夜，威波家的挑高前廳燈火通明，滿是花環與雪紡紗掛幔。廚房飄來香料蘋果汁與南瓜派的香味。豎琴手在屋內某處練習琶音。奶奶在門廳憤怒無比地對可憐的裘林吼叫。威波鎮長辦公室門扉緊閉——宴會開始前五分鐘他才會出來；他會拉正領結，以高超的外交手腕對早到的客人張開雙臂。亞沙躲在後院的小屋後抽菸。葛瑞琴可以透過起居室的窗戶看見香菸火光。

葛瑞琴等待的就是這一刻——她哥哥沒躲在自己房裡、用音樂轟炸的罕見機會之一。現在正是根據她的懷疑採取行動的時刻。葛瑞琴躡手躡腳走向後梯，快速上樓直朝亞沙房間而去，過程中腳趾幾乎沒碰到階梯。貼在他門上的螢光標示或許警告擅入者將面臨悲慘下場，不過奶奶拒絕讓威波家的兩個孩子給自己的房門上鎖。於是葛瑞琴忽視**禁止進入**的不祥命令，推門而入。

黑色窗簾遮蔽窗戶，葛瑞琴逼不得已只能打開頂燈。樂團海報貼滿牆面，主角都是些肌肉累累、一臉憤怒的人物。出乎葛瑞琴意料之外的是，房間很乾淨。床鋪整齊，鏡臺和書桌也撢過灰塵。地上沒有垃圾或髒衣物。一切井然有序。葛瑞琴不知道自己為什麼會假設亞沙的房間應該像失事現場；就是覺得這樣才符合他的形象。但她現在沒空想這些。

她掃視房間——床、鏡臺、電腦、揚聲器、書——但是就連一點紫色也看不到。葛瑞琴打開衣櫥，還站上書桌椅搜查頂層。沒有。她檢查所有書桌抽屜、床頭櫃、床底下。沒有花。葛瑞琴的胃揚起一陣喋喋不休的恐慌。說不定葬禮那天是她看錯了。說不定亞沙外套口袋的花不是來自艾希。說不定她只是記住了自己想記住的事。

接著她的注意力來到窗臺。她拉開最靠近床的沉重黑窗簾。就在那兒，藏在視線之外，一個薄瓷花瓶，裡面有一朵紫色的花，花瓣又大又厚，呈半盛開狀態。

頃刻間，所有葛瑞琴原本一直存疑的事現在似乎都成為可能：艾希有可能愛上一個像亞沙這樣的人。亞沙居然有可能愛人。

當然，她心想。那些回憶當然是真的。

葛瑞琴看著下方還在小屋旁抽菸的亞沙。他猛地把菸從唇間扯下，抬起頭注視臥室窗戶，直瞪著葛瑞琴，她倒抽一口氣，發現自己犯了什麼錯：她讓房裡的燈光照射到下方夜色漸濃的草坪。

亞沙看見她了。

葛瑞琴恐懼地看著亞沙丟掉香菸跑向房子。她一把從花瓶裡抓起花，逃出房間，衝下前梯——另一個失誤。亞沙並沒有如葛瑞琴所預期走後梯。他在樓梯間的平臺逮到她。

「你想拿那個做什麼？」他咆哮。

「亞沙，拜託。我知道這是什麼，而且我需要它。」她試圖繞過亞沙，但亞沙擋住她的路。

「需要它做什麼？」

「我——我——」葛瑞琴的腦袋停工，想不出任何謊言，反而一股腦吐出實情：「我偷了《儀式之書》。所以才又用了許願石。現在我要施行審判儀式，會把所有事都變好。」

亞沙有一瞬間似乎啞口無言。接著他放聲大笑，笑得低沉陰鬱。「以免妳不知道，妳需要一些妳拿不到的東西才能施行那個儀式。就算妳都拿到了，這裡誰是第一個孩子？」

「但是我**確實**都拿到了！維克瑞家的人在幫我，他們會拿到其他材料。而且說不定我能施行儀式，你又不知道。我非得試試。這樣才能解放他們。這樣才能為……死亡對艾希做的事而懲罰他。」

亞沙的表情轉為僵硬，但眼裡燃起怒火。「妳說什麼？」

「我知道，亞沙。」葛瑞琴說。「知道你和艾希的事。所以你才有熱情的花，對吧？她給你的。你帶去她的葬禮，我記得。」

「妳不知道自己在說什麼。」亞沙的話語像磨利的刀切開空氣，但葛瑞琴不再害怕。

「我知道。你和爸就隨你們的意，守住你們那些祕密吧，**但我知道自己在說什麼**。」

「妳不知道真相！」亞沙大吼。「爸沒跟妳說他告訴我的那些事。」

「那**你**告訴我啊！」葛瑞琴還以顏色。

「好。」亞沙惡狠狠地說。「你想知道所有真相？聽著吧：爸跟死亡做交易。不是平常那種為波恩山脊或任何人好的交易。他要求**永生**。死亡說爸可以違反規則，前提是死亡也能違反規則。於是爸答應了。他讓死亡為所欲為。」

葛瑞琴的喉嚨有一種怪異的黏著感。「好讓他能夠……永生？」

「我十六歲生日時他告訴我的。你知道嗎？我不在乎。跟他一樣，我不在乎讓死亡對這個鎮為所欲為。所以是我的錯。艾希的死是我的錯。」亞沙的聲音在他說到最後幾個字時破碎；葛瑞琴突然感到一陣虛弱。

「那……不對。」她低聲說。「怎麼會是你的錯？」

「就是。要是妳也繼續攪和，跟維克瑞家的人牽扯不清，妳也會害死妳自己。妳必須停手，葛琴。妳必須永遠停手。」

「你要去哪？」葛瑞琴大喊。亞沙三步作一步跳下樓梯，隨即衝出前門。葛瑞琴追到前廊前便已聽見亞沙的摩托車呼嘯。她無助地看著他從車道加速離開。

然而她發現——她知道亞沙要去哪。

葛瑞琴想著耶誕宴會，家裡忙碌喧囂。奶奶會把她禁足到天荒地老，直接把她裝運到寄宿學校。但葛瑞琴別無選擇：她必須追上亞沙。於是她出發，用盡全力朝白楊林的那幢房子跑去。

風鞭笞葛瑞琴的皮膚，冰冷且刺痛。她應該穿上大衣，戴上圍巾和帽子才對。但葛瑞琴剛剛沒想到保暖；她只顧慮速度。無論亞沙到底想做什麼，她多快能趕到樹林並阻止他？他想去對雙胞胎兄弟叫罵嗎？跟葛瑞琴上次一樣破壞他們家？亞沙會毀掉葛瑞琴為里與菲力安排的完美計畫；她運籌帷幄了好幾週的一切。她必須阻止他。然而她怎麼可能跑得比摩托車還快？

不過妳做得到，電流般的思緒叫喊著。只要妳走最短捷徑、他繞遠路，妳就能做到。

沒錯。葛瑞琴回想起上次亞沙載她從白楊林回家：他繞遠路避開山胡桃木公園。

因爲艾希，葛瑞琴心想。因爲那晚發生的事。所有爛回憶、所有內心糟糕的感受。

葛瑞琴的手指圈住手裡那朵紫花，替它擋住風與寒冷。她奔向山胡桃木公園和更後方的樹林。她不曾片刻稍停，過馬路、忽略汽車的憤怒喇叭。薄暮轉為黑夜，周遭的世界漸暗，她的喉嚨在燃燒。

跑，她命令自己的腿。跑，趕在亞沙之前到那。

扭傷的腳踝抗議地叫喊，但葛瑞琴忽略那股疼痛。紛飛的白色粉末遮蔽她的視線。又下雪了。葛瑞琴更賣力跑，穿過交加的風雪，她的腳撞擊混凝土地，然後是柏油，最後轉為泥土。她來到白楊林的邊緣。

葛瑞琴只停步片刻彎下腰喘口氣。此時她看見了，靠著旁邊的一棵山胡桃樹——亞沙的摩托車，車上無人，被遺棄在這。

「不。」葛瑞琴大口吐氣。「不！」

於是她又跑了起來，衝進樹林，衝進黑暗，使勁睜大眼看穿雪與樹枝。

「里！」她大喊。「菲力！亞沙！」

樹木一如往常靜默，只有風呼嘯回應。

「亞沙，求求你！住手！你在哪裡？亞沙，拜託等等！」

接著她看見了，就在前面——白楊屋窗戶透出的光線中有一抹黑藍色剪影。亞沙距離白楊林中的屋子只有幾碼。他靜靜站著，肩膀拱起，臉朝向地上的某個東西。

「亞沙！」葛瑞琴叫喚，不知道為什麼突然滿心憂懼。

亞沙沒回應。他跪下拾起草叢裡的某個物體。葛瑞琴氣喘吁吁地靠近，努力想看清楚。某個又黑又細的東西滑上亞沙的手臂，從他的襯衫袖子下爬向他的胸膛。滑行……像條蛇。

「亞沙！」葛瑞琴又喊了一聲，同時來到他身旁。

「你在做──那是什麼？」

亞沙終於抬起頭。他的眼中有一抹奇異的光芒，襯衫下有東西在動──心臟的位置微微隆起。葛瑞琴覺得她看到一閃而過的黃。接著亞沙的表情流露痛苦，轉瞬即逝。他的手從鈕扣間滑入襯衫內。

「現在沒事了。」他的話語薄如棉紙。「它又找到我了。它給了我，我想要的東西。」

亞沙的手從襯衫內伸出，沾滿閃爍鮮紅的液體。血。一個東西放在他掌中，小巧、黑如煤。許願石。

37

里

或許**什麼也沒有**。

里坐在床尾，雙手捧著還沒打開的玻璃罐。最後這罐回憶或許有關艾希。或許是葛瑞琴追尋的那個最終答案。如果里誠實面對，那個答案現在也是**他**追尋的目標了：死亡到底為什麼要殺死艾希．海斯汀？

也有可能什麼都沒有，他提醒自己。

里會弄個清楚。他已經從裝罐房另外偷出一罐供審判儀式用——這個綠色緞帶玻璃罐裝滿清澈的快樂回憶，標記著「牢記」。里原本打算拿走一個標示「遺忘」的罐子。或許會讓他的行為好一點、高尚一點。但一想到要打開另一罐最好遺忘的回憶，這實在遠超過他所能承受。

里已把偷來用在審判儀式上的那罐回憶藏好。現在是打開另一個罐子的時候了——黑暗回憶的最後一部分。這是計畫中最讓他感到懼怕的環節，害他前一晚作惡夢，引發的疼痛如此劇

烈地咬嚙他的胃，害他連最愛的棉花糖焗烤地瓜也不想吃了。

那些回憶對他產生影響，對他有害——可能比他原本所想還嚴重。但他和葛瑞琴、菲力說好了，這是他該做的事。只要他能做到這件事，他們說不定就能破解這個家的詛咒。

里轉開瓶蓋，低頭湊向瓶口，吸氣。這一次，他感覺到回憶湧入他的感官；炙熱如蠟的物質包裹住所有感官，把他拉到另外一個時空。

他閉上眼。

他睜開眼。

他站在户外，被暴雨淋得全身濕透，衣服全濕，雙手發皺。雷聲霹靂，嘶嘶響的閃電在天際劃開裂縫，照亮四周的樹。

他在山胡桃木公園。

「亞沙！」

一個女孩跑向他，睫毛膏淌下她的臉龐，流入嘴角。

「亞沙！」艾希又喊了一次，抓住他的手。

他說：「我以爲妳變卦了。」

「什麼？只不過是一點小雨。」艾希用壓過轟鳴雷聲的音量喊道。就算在暴風雨中，他也能看見她表情中的善意。「我們說好今晚做，所以就是今晚做。」

「我們還是不知道會發生什麼事。」他說。「說不定那個召喚者給妳不對的儀式。」

「你知道儀式並沒錯。我們得從某個地方開始，而如果許願石能給你任何東西，它將會滿足我們的願望：改正一切。」

他感到害怕，但他永遠也不會承認。他也感到興奮。然而還有另外一種感覺在他心裡沸騰，無比疼痛，而且和艾希大有關係。

「血先來。」她說。「照書上所說。」

他朝地上潮濕的背包彎下腰，從裡面拿出一把匕首。匕首的青銅握柄鑲有蛋白石，隨著每一次劃破天際的閃電而爆出色彩。艾希接過匕首；他還來不及開口，她已一刀劃過自己攤開的手掌。她把匕首還他，他也朝自己手掌劃一刀。鮮血冒出，疼痛咬嚙他的神經。

「現在。」艾希領著他越過潮濕的草地，來到一處開闊的灰色空地。他們站在山胡桃木公園的懸崖邊。艾希牽起他的手，而他捏了捏她的手。他們的熱血匯聚，滴落下方的深谷。混合的血從高處滴落。這是儀式的要求，也是他們所提供。現在只剩下那首詩。

「大聲念出來。」艾希把筆記本放進他空著的那隻手。大雨滂沱，不過他還能看清那一頁的標題：許願儀式。他熟記這首他必須誦讀的詩。只有他，召喚者，能做這件事。

「噢！死亡。」他對著暴風雨大吼。「我們乞求汝，最黑暗的陰影，給予我們原本命運不允之物。」

召喚者知道接下來的臺詞，但他的喉嚨緊縮、嘴巴緊閉。

然而他感覺到手腕一陣溫暖。艾希。

「你做得到。」她低語。「我知道你可以。」

他的喉嚨不再縮起，嘴巴不再堵塞。他繼續。

「將能夠揭開一切隱藏祕密的

許願石贈與我們，

現身於召喚者之眼前，

給予我們那神聖的獎賞！」

暴風雨止息。雨瞬間被吞回天空中。雷自行瓦解，化爲無聲。除了枝椏滴落的水珠，山胡桃木公園內萬物靜止。

艾希轉向他。「成功了嗎？」她低聲問。「他在哪？」

一個聲音回應：「這裡。」

他們一起轉身。一名身穿上好黑西裝的男人站在兩棵強壯的山胡桃木之間。他繫了一個白領結，頭戴絲質大禮帽，表情冰冷地看著他們，英俊的五官毫無笑意。

「誰召喚我？」死亡問。「你嗎？小威波？」

「我——我要許願石。」

「你，眞的要？」死亡的聲音醇厚，但停頓的地方很怪。「你要這珍貴禮物的目的是什麼？」

召喚者的腦中閃過一個思緒——只不過比區區思緒更加炙熱、強烈。欲望。只有兩個字：自由。

「我們想要自由。」艾希踏一步來到他身旁，一手滑進他的手掌。「亞沙擺脫召喚者身分、我擺脫學徒身分。我們受夠了。我們已經十六歲，知道自己想要什麼。我們不想像父母一樣受困。我們想要自由，而許願石將實現我們的願望。」

死亡的凝視轉移到艾希身上。他抿起蒼白的嘴唇——抿得好緊，活像他的嘴唇已徹底消失。

「妳。」死亡說。「妳服侍另一個陰影，我的敵人之一。」

艾希站得挺直，不爲所動。「不重要。儀式就是儀式。你必須照我們的要求做。」

「熱情不知道妳在這裡。」儘管死亡依然面無表情，他的聲音卻轉爲飢渴、熱切。「對，一切都是你們兩個自己做的，我可以從你們的心裡看見。對，我理解你們爲什麼想要許願石。我知道你們的渴望，愚蠢的孩童，而正如你們所說，你們召喚了我，你們將獲得你們的獎賞。」

一個冰冷乾燥的東西突然塞進召喚者空著的那隻手。他低頭看，發現自己握著一顆黑色小石頭。

「現在。」死亡冰冷、無情的目光挪到艾希身上。「我自己也有事要做。」

「不。」艾希後退，臉上出現不確定的表情。「我們的交易已經完成。你給了我們許願石，現在我們各走各的路」

死亡似乎沒聽見。「熱情完全不需要知道。」他靠近。「我可以做成幾乎天衣無縫的人類意外。不會有人多說一句話，尤其是你那個懦夫父親，小威波。他想也不會想阻止或控訴我。」

召喚者站到艾希身前，他的心臟猛力撞擊。「艾希什麼也沒做。你不能碰她。」

「什麼也沒做？」死亡的藍色眼睛裡有某個東西一閃而過，某個恐怖的東西。「啊，恕難苟同。她做得可多了，無疑是一個勤勉的學徒。只不過她似乎對自己的工作感到厭倦了。跟你一樣，威波。你想要自由——擺脫家族姓氏與應盡義務。好啊，親愛的二位，你們並不需要許願石才能實現這樣的願望。爲什麼不讓我親自幫妳呢，親愛的艾希？我可以讓妳永遠擺脫妳的責任。」

「我——」艾希說。「我不——」

「太完美了。」死亡將晚宴手套從纖長的雙手脫下。「我終於能夠回報熱情先前帶給我的苦難。」

一陣冰冷襲過召喚者的胸膛。他猛吸一口氣，但什麼也沒吸到。密實的白色空無開始在他心中擴張，而他慢慢了解自己為何感到不適。死亡的手穿過他的胸膛探向站在他身後的艾希，手指圈住她的頸項。

「亞沙！」艾希哭喊，聲音虛弱遭壓抑。

「就當作一個教訓吧，小威波！」死亡的話語是一陣鳥般的尖嘯。「無論你們有什麼計畫，也無論你們選用哪個儀式，你們絕對不可能以計謀戰勝陰影！」

「亞沙！」艾希喘氣，曾紅潤的臉龐血色漸失。

「**里**！」

寒意從里的身體退去，呼吸重新注入他的肺。他對著視野裡的斑點眨眼並坐起。

「里！」那聲音又喊了一次。「打開，**求求你**！快！」

他不是召喚者亞沙，喊他名字的也不是艾希。

「葛瑞琴？」他虛弱地說，爬過床去打開她剛剛敲的那扇窗。葛瑞琴的頭髮被風吹亂，眼裡滿是恐懼。

「里安德！」茱蒂絲在起居室叫喚。「你到底在裡面做什麼？」

「沒事！」里大喊。

他的肩膀打顫——不對，是葛瑞琴的手在晃動他的肩膀。事實上，葛瑞琴全身都劇烈顫抖。

「怎麼了？」里驚恐地問。「葛瑞琴，發生什麼事了？」

葛瑞琴的喉嚨發出粗嘎的聲音，但沒說出話來。

里看向她身後，他的兄弟站在溫室門邊。

菲力說。「發生一樁意外。」

38

菲力

白楊屋東側血腥味瀰漫。

亞沙．威波躺在診療檯上，斷斷續續地費力喘息。他的胸口持續流出濃稠的鮮血。他需要文斯．維克瑞的照護，問題是文斯不在家。

「他出診了。」菲力隔著診療室打開的窗戶對里解釋。他把汗濕額頭上的頭髮往上撥，腳重重點地。「亞力山口（Arley Gap）一位病患的後續回診。為什麼非得**現在**不可？」

葛瑞琴弓身在亞沙上方，用染血的毛巾緊壓他的腹部。她的雙手染紅，臉頰上也點點血紅。

「菲力，」她哭喊。「血**止不了**。」

葛瑞琴出現後隨即一陣混亂，菲力已經做盡了他所能想到的一切。他幫她把她哥哥拖進屋子、把爸爸放紗布和毛巾的備品櫃以及菲力看過爸爸用來給傷口止血的所有藥草掃蕩一空。但有什麼不對。亞沙心臟下方源源不絕冒出鮮血，卻沒有相應的傷口，出血沒有源頭，彷彿血從

亞沙皮膚上的每個毛孔滲出。

「我不認為我有辦法止血。」菲力說。「這不是尋常傷口，有什麼不對勁，非常不對勁。」

菲力握緊拳頭，對自己發起脾氣。他是死亡的見習學徒，不是嗎？如果救不了人命，十三年來都跟在死亡身邊有什麼意義？

許願石，葛瑞琴剛剛是這麼說的。亞沙握有許願石，葛瑞琴擔心他此刻最深切的渴望是死去。隨著時間分秒過去，一種令人毛骨悚然的懷疑在菲力心中滋長。或許連爸爸也治不好。或許所有人此刻都只能無助地等死亡來到這裡。等他走到診療檯尾端，拿起金屬鑷子……

不。

菲力必須試試看，什麼都好。他從一個醫療架上取下一個珊瑚盒，把內容物全部倒入掌中。玫瑰花瓣與迷迭香，菲力看過爸爸用這配方救回垂死的病患。他把整把藥草塞入亞沙蒼白的嘴脣間。

亞沙咳嗽，突然睜開眼。他的雙眼鮮紅——瞳孔、虹膜全紅。

窗外的里尖叫出聲，菲力也踉蹌後退，只有葛瑞琴沒動。她瞪大眼——因為恐懼，菲力原本是這麼以為，但她接著開口：

「儀式。」她看著菲力和里。「我們在想什麼啊？**我們現在施行儀式**。我這裡有熱情的花。

如果我們驅逐死亡，他就無法帶走亞沙了。」

「我去拿回憶和書。」里消失在窗外。

「我只想得到這個辦法了。」葛瑞琴絕望地看著菲力。

然而菲力注視著診療室裡最黑的那個角落。透過那隻看不見的眼睛，他看見一位衣冠楚楚的紳士站在那兒。死亡看了看懷表，友好地對菲力點頭。

「菲力？」葛瑞琴喚道。「菲力！」

「太遲了。」他低聲說。

他認得死亡的這種眼神。

「來了！」里大喊，他費力地攀住打開的窗戶，高舉綠色緞帶的玻璃罐。

「或許太遲，」葛瑞琴對菲力說，「但我們至少得試試。」

菲力跑出診療室。他打滑進自己房間，從藏匿的位置拿出紅蠟燭。

「菲力，」里叫喊，「菲力，快點！死亡在說話，聽起來不妙！」

菲力不再謹慎對待蠟燭。他衝回診療室，燭焰瘋狂搖擺。

里已把《儀式之書》在窗檯上擺好，舉著綠色緞帶玻璃罐。葛瑞琴也把紫花拿到玻璃罐上方。菲力注視還站在角落看懷表的死神。他似乎被工作，也就是眼前即將到來的這場死亡分散了注意力。否則他肯定會對亞沙與葛瑞琴不受歡迎的到來發表一些議論。否則他肯定會發現他們打算做的事。他看起來如常平靜，是因為不知道他們的計畫，還是單純因為知道他們的計畫不會成功？

「我們必須快速進行。」葛瑞琴說。「用蠟燭加熱回憶——對吧，里？」

里從打開的書前抬起頭。「用燭焰加熱回憶，再打開蓋子加入熱情的花。」

「對。」葛瑞琴轉向菲力。「動手。」

39

葛瑞琴

她感覺到燭焰的熱。儘管菲力拿得很穩，火舌仍襲向葛瑞琴的指節，同時也加熱了里手中的回憶。然後，葛瑞琴莫名地**知道**，是時候了。她打開回憶罐的蓋子，丟入熱情的花。

葛瑞琴雙眼湧淚，看著花瓣在液體中捲起，接著丁點不剩，原本清澈的回憶液體轉為鐵青色。一個畫面閃過葛瑞琴腦中——覆蓋厚厚粉紅奶油的生日蛋糕、一束綁在椅子上的金黃色氣球。葛瑞琴感覺到一陣自責的劇痛；無論被她取走且永不歸還的記憶屬於誰，她都無聲地對擁有者致歉。影像隨即消失，只剩下眼前的藍色液體。儘管菲力手上的蠟燭還在罐子下燃燒，液體卻漸漸凝結。

然後葛瑞琴再度莫名知道：又是時候了。

她從窗檯抓起里放在那兒的《儀式之書》。那首詩只有三行。葛瑞琴大聲念出來：「**此刻聚集，嗅偉大的陰影，不論日夜。其二見證其一，因不端之舉須導正，直至召喚工作完成為止。**」

寂靜。

儀式在這房內沉澱。

葛瑞琴閉上眼。

再度睜開眼時，她震驚得踉蹌後退。

三個人站在她面前。左邊是穿白蕾絲洋裝的女人，長髮飄逸，頸項配戴一小圈鑽石項鍊。回憶。

右邊的人身穿緋紅長袍，尖下巴，短捲髮。熱情的臉上露出高深莫測的笑，彷彿他或她——葛瑞琴分辨不出性別——剛聽到一個絕妙的笑話。

站在中間的則是死亡，像棵被暴風雨吹彎腰的樹般矗立在葛瑞琴面前，身穿上好的黑色西裝，袖口鏈扣在燭光下閃爍。他一手拿著銀色懷表，目光好似黑暗豁開的洞穴。

我做到了，葛瑞琴心想。我，排行第二的孩子。我真的做到了。真的可以。

接著回憶開口：「妳為什麼要我們來此，召喚者？」她的聲音如碰撞的水晶般盪開。「誰侵害了波恩山脊的人類？」

葛瑞琴費了好一番力氣才擠出聲音。「死——死亡。受審判的是他。」

「這麼年輕就召喚。」戲謔的輕柔說話聲屬於熱情。「非常年輕。」

「或許吧。」葛瑞琴打起精神。「不過我知道自己在做什麼，也知道該怎麼做。你和回憶必須評判死亡所做的事。」

另一個聲音充盈診療室，輕柔得有如肩上的一拍。「懇請賜告，我做了什麼？」

葛瑞琴強硬起來面對死亡。「你謀殺艾希．海斯汀。她和亞沙要了許願石以擺脫你，以不再擔任學徒與召喚者。於是你殺死艾希。而且你**樂在其中**，因為她是熱情的學徒，而你想報復。」

熱情的笑容消失。火焰在他們的眼中劈啪燃燒。「抱歉我沒聽清楚？」

死亡調整一條鏈扣，看似無聊至極。「跟你對我做的事比起來不算什麼，親愛的熱情。你迫使我像條狗般困在這裡和回憶做伴呢。兩不相欠嘍，你看怎麼樣？」

「**你**。」熱情說得好像這個字本身有毒。

「我。」死亡平靜地應和。「想驅逐我就驅逐。能看著你珍貴的學徒死掉也算值得了。」

一陣非人的尖叫充斥房內，如此響亮，葛瑞琴忍不住摀住雙耳。她驚恐地看著熱情舉起雙拳，憤怒得張大了嘴。儘管場面駭人，葛瑞琴仍開始懷抱希望。有用。審判儀式有用。

熱情的尖叫聲在變得令人再也難以承受的那一刻停止，話語取而代之：「我們必須驅逐他。他必須付出代價。」

回憶的長睫毛搧了搧，她開口：「死亡，你因行為超出你身分容許的範圍而遭控訴。你出於報復心在命定的時間到來前取走熱情的學徒，也就是艾希．海斯汀的生命。」

「指控如上。」熱情怒火中燒的眼睛注視著死亡。「回憶，妳對被告死亡有何裁決？」

「有罪。」回憶毫不猶豫地說。「熱情，你對被告死亡有何裁決？」

「有罪。」熱情有如詛咒般吐出這兩個字。

接著波恩山脊三位陰影的視線都投向葛瑞琴。他們似乎在等她行動。

「我──我──」她口吃了起來。

過去幾天以來，葛瑞琴一直說服自己她能施行審判儀式、出生順序並不重要、沒受過訓練也沒差。她的意志與決心將會支撐她到最後。**確實如此**。然而葛瑞琴沒想清楚，若一切依她的計畫發生，接下來該怎麼辦。她現在該做什麼？她要**怎麼**驅逐死亡？她絕望地看著里，里看看《儀式之書》後也看著葛瑞琴，搖頭表示裡面什麼也沒寫。

葛瑞琴穩住呼吸。她站穩腳步，對著三位陰影抬起下巴。既然她召喚出他們，那她**就是**召喚者沒錯。是時候表現出召喚者的樣子了，就算這代表得瞎編也一樣。她思考自己對於一般的人類審判有什麼了解。陪審團或法官宣告被告無罪或有罪。如果有罪……那就是判刑了。

「死亡，」她下定決心，「根據……嗯，你的陰影同伴賦予我的權力，我在此宣判將你逐出波恩山脊，永不得重返。隨著你離開，你的所有交易將失效廢止……還有……諸如此類。」她縮了縮，但下巴仍舊高抬。

死亡冷酷地打量葛瑞琴，彷彿她只不過是踩到他的腳趾。

「很好，小威波。」死亡說。「不過妳哥還是會喪失性命。」

「不，才不會！」葛瑞琴大喊。「只要你被驅逐就不會。你的所有協議——」

「噢，但亞沙跟我之間沒有協議。他有一股**欲望**，深埋在內心深處。妳可以驅逐我到天荒地老，但我可不是許願石。石頭的效用無法取消。那東西完全不受我控制。我只能取走它奪去的生命。」

「但是——」葛瑞琴絕望地看著躺在診療檯上滿身是血的亞沙。

死亡靠得更近了。「不過，妳想知道一個**將會**解除的協議嗎？我跟妳父親之間的一個小約定。」

他要求永生。

葛瑞琴憶起亞沙說的話，而死亡彷彿能夠聽見，他微笑道：「妳懂，對吧，如果我遭驅逐，威波鎮長終將死去。妳想負起殺死親生父親的責任嗎？」

葛瑞琴張開嘴，又閉上。她沒想到爸爸的協議。這個新資訊來得太突然，一直沒時間思考。

「別聽他的。」死亡身後有人說道。是菲力。「他想拐騙妳。妳爸爸沒有權力做那樣的交易，葛瑞琴。人終究會死。妳不會殺死他，那只是**自然現象**。」

「**安靜，男孩**。」死亡憤怒地旋身面對菲力。「你是個僕人，只是沒有聲音的手和腳，只能遵照我的命令行事。這裡沒有你說話的餘地！」

這足以打破葛瑞琴的啞口無言。

「不對，**你才閉嘴！**」她對死亡吼。「別煩他，你——你這個**恃強欺弱的壞蛋**！你就是這樣。你或許很有力量，你或許會做些交易，不過到頭來，你比愚蠢的艾瑪或狄倫好不了多少。你只是個惡霸，而你欺負人夠久了。我爸沒交易該怎麼死就怎麼死。世事本該如此。你不能威脅他或我。你再也不能威脅任何人。我們已把你驅逐，死亡。這個鎮不再歡迎你。所以請**離開**。」

死亡的狂怒消散，眼裡閃爍著葛瑞琴無法描述的東西。

「我無法違背。」他說。「不過離開的路上我還有最後一件事必須處理：你哥哥的願望。」

他伸手從西裝外套口袋拿出一把金屬鑷子。

葛瑞琴想動，卻發現雙腳凍結在地上。她驚恐地看著死亡張開鑷子朝亞沙的身體刺去。

里的雙手用力拍擊打開的窗戶兩側，彷彿那裡的空氣是由玻璃製成。「葛瑞琴！」他大喊。

「**亞沙！**」葛瑞琴尖叫。

一陣光影晃動。一紅一白兩道身影穿過葛瑞琴，她踉蹌了一下。熱情抓住死亡的左肩，回憶抓住右肩。

「你造成的損害已經夠多了。」熱情說。「接下來由我們處理。」

「不！」死亡大喊。「這是我的權利。這——」

「你沒有任何權利。」回憶說。「我們驅逐你了。」

一個響亮如雷的聲音盪過整個房間。葛瑞琴跪下摀住耳朵，想擋住那噪音。她聽見其他人叫喊，還有家具喀喀、碗盤鏗鏘碰撞。

然後是寂靜。

40

菲力

一陣劇痛在菲力的右眼爆開。

他尖叫。他的眼睛在燃燒，**燃燒**。一隻手碰觸他的肩膀，但被他抖開。他癱在地上，發現自己的尖叫已轉為哭泣。

疼痛消退。

然後是寂靜。

菲力睜開看不見的那隻眼，用這隻眼看見——什麼也沒有。什麼也看不見。

死亡不在診療室裡了。

菲力知道死亡再也不會出現於此。

41

葛瑞琴

葛瑞琴雙手撐住地板，睜開眼睛。亞沙動也不動地躺在診療檯上。熱情彎腰靠向他，撥開他額上的頭髮，彷彿他是一個需要人照顧的孩子。回憶站在近處目不轉睛地觀看。

然後亞沙嗆咳了起來。

「亞沙！」葛瑞琴拔起雙腳跑到他身旁。

「嘿。」他喘著氣說。「我猜妳終究還是能施行儀式。」

「閉嘴。」葛瑞琴快樂地說。「你沒事。你**沒事**。」

她拉開他胸口染血的毛巾，又突然停住。血沒止住。濃稠紅色液體仍持續從亞沙的皮膚泌出。

「怎麼會這樣？」葛瑞琴大喊。「為什麼血沒止住？」

「死亡說的是真的。」熱情柔和緩慢地說。「無法取消許願石的運作。」

「什麼？」葛瑞琴狂亂地注視亞沙被血弄髒的臉。「不。這樣不對。我們施行了儀式；我們驅逐了死亡。不應該這樣的。那不……那不**公平**！」

「親愛的，」熱情說，「如果妳哥哥最深切的渴望是死亡，那麼許願石就會將死亡給予妳哥哥。已兌現的願望無法收回。妳哥哥將苟延殘喘到新的死亡就任為止，之後他的生命將會被永遠取走。」

「不要！」葛瑞琴一掌用力拍在診療檯上。「你們一定有辦法！你們是**陰影**耶。你們是許願石的看守者。如果真有人能扭轉乾坤，那就是你們。所以快動手。把事情變好，扭轉乾坤！」

回憶迎視熱情。他們似乎越過葛瑞琴的頭頂無聲交談。他們轉向葛瑞琴，整齊劃一地搖頭。

葛瑞琴轉向維克瑞雙胞胎——里在窗邊、菲力站在一旁。他們看起來跟她一樣無助、無解。「但是，」她對兩位陰影說，「他是我哥哥。他是**召喚者**！這對你們來說一點意義也沒有嗎？」

回憶查看亞沙的身體，厭惡地皺起臉。「我們不太喜歡威波家的召喚者。死亡的行為越界了，但妳父親也一樣。讓威波家衰退或許是最好的做法，讓新的召喚者家族承接他們的工作。」

「我渴望的……我渴望的……不是死亡。」

亞沙臉色蒼白，顫抖著吐出氣息，呼吸又淺又弱，但他努力地在說話。他虛弱地對著拳頭咳嗽，指節染上鮮血。「我渴望的是——我一直想要的是……我想要擺脫威波這個姓氏。」亞沙虛弱的手指指向菲力和里。「看看他們。他們根本就是遺世獨立的怪胎，但他們的人生並不是某個政治陰謀的一部分。爸完全弄錯。為我們的鎮而非為自己工作的是學徒。學徒就像——像艾希，她只聽令行事。她只想要自由。那就是我們要的，擺脫家族的包袱。」

「亞沙。」葛瑞琴說。「你沒跟我說過。我從頭到尾都不知道。」

「說夠人類事務了。」回憶語氣不耐。「熱情，這裡沒我們的事了。」

葛瑞琴的心思瘋狂地翻來覆去。她緊抓住診療檯，一個突如其來且熱燙燙的想法點亮她的雙眼。「亞沙！」她叫喊。「如果那是你最深切的渴望，那就還有其他辦法。你不是非得**死掉**才能擺脫威波這個姓氏。」她轉身面對兩位陰影。「你們還不懂嗎？他沒必要死。他可以不要當威波家的孩子。他可以成為**海斯汀**家的人。」

回憶伸出一隻蒼白的手按壓自己的太陽穴，似乎對這突然的提議大吃一驚。而熱情只是定定注視著葛瑞琴。「妳打算提出什麼建議，小威波？」

葛瑞琴手指熱情。「艾希死了，你現在需要一個新學徒。我們威波家的人原本就熟知陰影，所以亞沙很好訓練。」

熱情的雙脣分開，形成一個非常小的圓形。「你是說讓這男孩取代我心愛的學徒？」

「但是他不再是威波家的人，你不懂嗎？只要他繼承海斯汀家的姓氏就不再是了。也就是說——」她面對亞沙，圓睜的雙眼裡滿是乞求。「如果……如果他想這麼做的話。」

亞沙繼續虛弱又氣喘吁吁地對著自己的手咳嗽。

「我知道。」葛瑞琴說。「我知道這不是你想要的。你自己說的：許願石自有其行事方式，你也說事情並不會總朝你想要的方向發展，還說人會死去。但你沒必要死啊。只要你的最深切渴望是成為海斯汀家的人。」

她抓住他空著的那隻手，撬開手指露出裡面的許願石。「許下這個願，亞沙。」她低聲說。「讓這個願望成為你最深切的渴望。拜託。」

亞沙閉上眼。他重新握緊許願石，沉重地吸一口氣。

葛瑞琴抬頭看熱情。「可以這樣做，對吧？」

亞沙一動也不動。葛瑞琴看著他的胸膛起伏，自己倒是屏住呼吸。接著熱情突然伸出一隻手蓋住亞沙憔悴的臉。葛瑞琴大吃一驚。

「什麼！」她大喊。「你在做什麼？」

「取得這男孩的所有權。」熱情說。

葛瑞琴看著亞沙的臉緩緩恢復血色，轉為和熱情的長袍相同的緋紅色調。熱情退開。儘管診療檯和葛瑞琴身上都是一塌糊塗的血，亞沙身上莫名噴湧的出血卻止住了。亞沙恢復了。他慢慢撐坐而起，看起來跟和她在樓梯上吵架時幾乎一樣有生氣。事實上，葛瑞琴暗忖，她沒見過亞沙這麼生氣勃勃。

葛瑞琴叫出聲，揮出雙臂抱住他。亞沙因為她的碰觸而渾身一僵，不過片刻後便放鬆。

「你為什麼沒跟任何人說？」葛瑞琴低語。「有關艾希的事。那不是你的錯。」

亞沙又變得僵硬。「沒人會相信。沒人會相信**我**。就算爸也不會。我想……我想他起了疑心。我想我是他隱瞞一切的另一個原因。」

葛瑞琴想反駁，但又覺得或許亞沙說的也沒錯。波恩山脊的居民只會看見自己想看見的事物。艾希的死竟然和陰影之間歷時十三年的嫌隙有關，或是和鎮長許久之前的一個糟糕交易有關，他們會怎麼想？亞沙——那個笑容完全不對勁、挑起鬥毆只為取樂的亞沙——居然會全心全意喜歡一個女孩，他們又會怎麼想？

不過葛瑞琴了解她的哥哥——說不上徹底，或許只了解一小部分。現在亞沙注定得離開她，她才變得比以前更了解他。葛瑞琴的提議沉甸甸地完全落在他身上：她拯救了亞沙的生命，交換條件卻是他的人生。她竟要求他成為一名**學徒**。葛瑞琴驚慌地抽身看著熱情。

「你取得他的擁有權？」

熱情點頭。「他的人生將成為替補。我會以我訓練艾希的方式訓練他。」

「但是……你不是立刻就要帶走他，對吧？」

葛瑞琴心知肚明，但仍懼怕那個答案：亞沙再也不會騎他那輛吵鬧的摩托車或開更吵鬧的威波利齒接她放學。她再也不會逮到亞沙在後院偷抽菸，或在房間裡聽見他那些蠢搖滾樂穿牆而來。

「葛琴。」亞沙碰觸她的手臂。「這樣比較好」

葛瑞琴搖頭。「但是我——我沒想到——」

「是妳提議的沒錯，但若非我真的改變心意，許願石不會改變願望實現的方向。而且……到頭來會是好結果。只有這樣我才能留在艾希附近、紀念她的回憶。」

葛瑞琴的眼裡滿是淚水。「我很抱歉，亞沙。我不知道……我……不知道。」

「我也不知道我的小妹居然這麼聰明。」亞沙得意地笑，而後轉向熱情。「我準備好了。該怎麼做就怎麼做吧。」

維克瑞雙胞胎沉默良久後首度開口：「你不知道那是怎麼一回事。」菲力站起。「你不知道自己在做什麼，亞沙。那是你的整個人生——到永遠。」

「我並不真有其他選擇，小鬼。這是我的交易。」

「但是！」菲力面對回憶和熱情，而他們冷漠地打量他。「我知道當學徒是什麼滋味。沒人該那樣活著，就算是威波家的人也不該。」

「很感人，小鬼。」亞沙說。「看來你過得比大多數人都慘。不過你老闆不是才剛遭驅逐嗎？」

菲力沒回話。

「我可以對大家保證，」熱情說，「我只會以最高的規格對待我的學徒。如果有人懷疑——嗯。我承擔一切責任。」

熱情轉向葛瑞琴，葛瑞琴也發現最後這部分專屬於她。

「不過，」她說，「我還是能夠見亞沙，對吧？他沒必要避不見面吧？」

「妳可以見他，」熱情說，「只是要了解他的生命現在屬於我了。他不能再像過去那樣當你的哥哥。他不能住在妳家，或是參與妳家的日常活動。他不再是威波家的人，也不再是召喚者。他是一名學徒。這是**我們的**協議。」

葛瑞琴艱難地點頭。「條件交換，對吧？」

葛瑞琴知道亞沙不會想要再一個擁抱，所以儘管這時機再糟糕不過，她仍對他拉開微笑。

「我猜我真的會想你。」她對他說。

亞沙回以微笑，還是完全不對勁的那種笑。葛瑞琴並沒有預期得到其他回應。

「走吧。」熱情朝亞沙伸出一隻手。「我們該走了。」

亞沙牽住那隻手，於是他和身穿紅長袍的陰影走出玄關。只有葛瑞琴跟著他們出去，她目送亞沙穿過溫室出去，和熱情雙雙沒入白楊林的黑暗中。

然後是寂靜，有別於先前所有寂靜的寂靜。

亞沙不在了。

42

里

「里。」回憶喚道。

她也來到溫室。里還看得見她，只是邊緣似乎變得比較模糊，彷彿被橡皮擦擦掉。儀式，他猜想，正在消退。

「協議打破了。」回憶說。「你感覺到了嗎？」

里吞了口口水。「我——我不認為有。」

「你會的。新的死亡將到來並找尋新學徒。你父親和兄弟現在自由了。但是你……」

里了解。「媽媽還是為妳工作。我知道。有問題的從來就不是這部分。協議沒了，這才是真正的重點。」

說話的同時，里的胃又凝起，視線也出現斑點。他緊抓住窗檯穩住身子。

「我知道你吸納了回憶。」回憶說。「我此刻可以在你心裡看見。那些回憶將永遠與你同

在，孩子。你永遠無法從中徹底痊癒。它們會纏擾你的睡夢並讓你身體虛弱。這是你想要的嗎？一個生病且惡夢纏擾的人生？」

「不。」里說。「當然不是。」

回憶碰觸他的手臂。燈光下，她是一抹散發白光的幻影。

「我可以取走，」回憶的聲音不過是耳語。「你飲下的悲傷，和你自己的所有壞回憶，與親生父親分離的這麼些年。我可以全部取走。我們可以一起工作。」

里覺得難以呼吸。除了回憶和善的臉，他什麼事也無法思考。

「你想的話，可以提早簽合約。」回憶的聲音令人寬心——他這輩子每一次胃痛的解藥。

「里安德，我會同意減輕你所受的折磨。你現在就可以選擇成為我的學徒。」

在那一刻，里彷彿獨自站在那兒——不在溫室，而是在一個靜止、無定形的地方，身旁只有回憶。

她的話語鎮靜人心，而里納悶著和她共度的生活真有那麼糟嗎？真正糟的是**協議**，但現在協議已打破……

回憶只是要他繼續裝罐和貼標籤，並承接媽媽目前的工作。

媽媽一直以來的工作。

直到永遠。

無定形的地方消失，十一月的寒冷湧現，里又回到溫室，只有他和仍然疼痛的胃，但頭腦清醒許多。他抬頭看回憶和善的臉，「我永遠不會成為你的學徒。」

回憶沒有爭論，只是收回放在里肩上的手，似乎點了一下頭，不過里不再能看清回憶的頭在哪裡。她快速消失，化為一團模糊的白——懸浮的雲，然後……不復存在。

只剩下一個聲音在他的左耳低語：「今天不會，但或許……晚一點吧。」

然後是熟悉的聲音：以最柔和的音調低聲吟唱又苦又甜的旋律。

今天不會，里一面想，一面把吟唱聲晃出他的腦袋，永遠也不會。

他看著窗外的樹林和轉暗的天空。一陣寒意襲過他的雙臂，他摩娑驅趕。里的左耳一如平常聽不見，但右耳聽見一個新的聲音。溫室的階梯傳來腳步聲。只聞腳步聲不見人影。

不過確實**有人**。一團模糊——並非如回憶那樣的光，而是黑暗且散發泥土氣味，慢慢聚合成實體。

身高約莫六呎。

寬肩。

還有一張臉。

男人的臉。

里知道是他。

「爸爸。」他低聲說。

文斯．維克瑞一縮，皺起眉。他的視線並沒有直接落在他身上，而是在他上方。

「看見我。」里說。「**拜託**，也看見我吧。」

文斯揉了揉眼睛，視線往下移，這次直接迎上里的目光。

「爸。」里說。

「**里**？」

下一刻，壓力從四面八方襲來。他被爸爸擁入懷中。

「成真了！」葛瑞琴在屋內大喊。「我們做到了，菲力！快來！」

葛瑞琴和菲力連滾帶爬地奔入溫室。里揪住他兄弟的襯衫，把他拉進他們的擁抱中。

「結束了。」菲力一手抱著雙胞胎兄弟，一手抱著爸爸。「沒有協議了。」

「結束了！」里說完歡呼了一聲。他抓住他們的手，有片刻的時間什麼也做不了，只能盯著爸爸的手指，好大、好粗壯，好**真實**。他抬頭咧開嘴對文斯笑，他的爸爸也還以笑顏。

接著他倒抽一口氣，抽開身。他感覺到一股奔騰冒泡的精力，強大得害他踉蹌了一下。「菲力，」他說，「你得見見媽！」

他帶著爸爸和兄弟來到白楊屋西側。菲力沒痛得大叫，文斯也沒半途受看不見的牆阻擋。沒有任何東西阻礙他們跨過門檻。三名維克瑞家的人一起踏入門廳，彷彿再普通不過的日常。

「里？」

聽到媽媽的聲音，里如雷的心跳速度加快了一倍。

「里，親愛的，你還好吧？」茱蒂絲出現在廚房門口。她的洋裝外套了一件圍裙，雙手到手肘都沾滿麵粉。「我正在做……」

茱蒂絲的話語淹沒在深沉的抽泣聲中。她呆站在那兒，雙眼圓睜，無法置信，雙手在圍裙裡緊緊握拳。她說：「不。這不可能。」她一隻手抹過雙眼，留下一道白粉痕。

「茱蒂絲。」

爸爸的聲音低沉深情——里這輩子都懷想不已的聲音。

「茱蒂絲。」文斯又喚了一次。他穿過門廳來到她站立的位置。里知道尋常的兒子會覺得這場面令人尷尬，但他並沒有這種感覺。因為他們不是尋常的家庭。

媽媽和爸爸擁抱了好長一段時間，里都要以為他們永遠不會分開了，但他也不確定自己是否希望他們分開。

不過媽媽的視線越過爸爸的肩膀，她大喊：「菲力！」

菲力跑向她。

茱蒂絲蹲下，揮出雙手抱住她的兒子，在他的頭髮和頸項印上一個又一個吻。她的雙手在他的臉頰、頭、後頸游移。「不可能，這不可能是真的。」

她朝里伸出一隻手，召喚他加入他的家人。歷經漫長又黑暗的十三個年頭，他們終於團圓了。

「有可能嗎？」茱蒂絲低語。她碰觸里的肩膀，彷彿他也可能只是一抹鬼魂。

然而是的，是的，**是**真的，里爆出自他出生以來最長、最響亮的笑聲。

尾聲

這是波恩山脊有史以來最冷的一個十二月。《波恩先驅報》的耶誕夜頭條寫著「破紀錄低溫不敵歡樂佳節」。里覺得這是一篇好文章，因為是如此樂觀，也因為文末祝福所有鎮民與所愛之人共度快樂的節日，還因為，在他生命中，這是第一次和所有他愛的人共度節日。

菲力笑這頭條多愁善感。里不介意，他只是很高興聽見菲力笑。不只如此，他也很高興菲力能夠在並非萬聖節的一天和他一起坐在小溪餐廳的雅座，共享一杯熱巧克力和鎮上的報紙。

維克瑞家搬離白楊屋，把這棟房子賣給一位州議員；這位議員一直在找尋一個能夠在州議會沒開會的那幾個月享受「鄉村緩刑」的地方。議員願意花大錢，而有了這筆大錢，維克瑞家得以搬進鎮上的一棟小房子。這棟房子有寬大的藍色百葉窗和石煙囪，最棒的是沒有切分成東西兩側。房子寬敞通風，少牆多窗。

回憶來住在維克瑞家的新家，茱蒂絲．維克瑞維持舊業。不過現在里和菲力都幫忙裝罐回憶；做起來不僅快許多，有人作伴更是好上加好。文斯．維克瑞卸下醫師的職業做起木匠，夏天時開始旅行到不同地方的手工藝市集販售他的作品。不久，鎮民都斷言文斯．維克瑞製作的

山胡桃木珠寶盒在田納西無人能出其右。

新的死亡入住波恩山脊。世事如此；生命繼續，死亡亦然。菲力不知道這個新來的陰影住在哪，也不知道誰是新學徒。他盡量不再去想類似這樣的事。

對於協議結束後的生活，冬夜是里和菲力的共同最愛，維克瑞一家四口可以一起窩在火爐劈啪作響的起居室。里和菲力下棋——菲力總是贏——文斯玩填字遊戲，茱蒂絲讀散文集，彷彿他們是再普通不過、無聊透頂的一家子。無論里何時抬起頭，都可以看到父母並肩而坐，偶爾會看見爸爸靠過去對媽媽低語，說完前還親吻她臉頰。

聽說亞沙．威波在耶誕假期逃家，波恩山脊的居民沒人感到驚訝。然而，許多人得知他的去處後，倒是都感到極為驚訝。艾希．海斯汀的媽媽收留了他。許多人宣稱，若你看見這兩個人出現在雜貨店或園藝店，海斯汀太太總是像對待自己兒子那樣對待亞沙。鎮民都認為這對那心碎的女人非常好，只是考量亞沙向來都是個不討人喜歡的男孩，還是令人嘖嘖稱奇。

亞沙依然不討人喜歡，笑容一樣完全不對勁，也仍舊偶爾在山胡桃木街的小巷與人打架。不過他在某些地方也有所改變，尤其是他對園藝產生興趣；常有人看見他在皮夾克胸前口袋塞一朵紫花。還有些時候，有人看見他在海斯汀家前廊，和他的妹妹坐在那兒聊天。看那模樣，你幾乎會幻想他其實是好的那種男孩。

然而最令人震驚的還是威波鎮長自己做出難以想像的事，卸下波恩山脊鎮長的職責。他宣布的那天，鎮民們竊竊私語著這男人看起來還真老啊，他們之前怎麼都沒注意到，不過他確實上了年紀，如果威波家沒有年紀夠大的人能夠接任，或許他還是退休最好。說真的，仔細想想，這也不是真的那麼難以想像。

那個寒冷十二月後的一月，波恩山脊中學八年級來了個新生。他一頭黑髮，安靜，右眼覆蓋眼罩，很快就證實是全校最求知若渴、積極的學生。他是里．維克瑞從北方來的堂兄弟，搬來波恩山脊永久地和維克瑞家生活在一起。他名叫菲力。

英文課的第一份報告要他寫下長大後想成為什麼。他寫道，他年紀還小時以為自己必須承接家族事業，不過後來事態有變，一個新的世界為他開展。現在他想成為一家大報社的記者，這家報社撰寫重大且不多愁善感的頭條。

新同學沒幾個朋友，但說到他那兩個朋友——那可是焦孟不離。學校的其他人都稱他們為維克瑞三人幫，雖然葛瑞琴姓威波，但她不介意；她喜歡其他人以除了她姓氏之外的方式認識她。

維克瑞三人幫不坐在餐廳的橘桌，而是一張再普通不過的綠桌。他們一起說笑，一起歡笑，常被人看見他們出現在小溪餐廳，或是偶爾到白楊林探險。如果你曾跟蹤三人幫超過一週，你非常有可能看見他們走入波恩墓園，在艾希．海斯汀的墳墓放下一束新鮮的花。

仲夏的一個週六晚上，你會看見維克瑞三人幫的其中之二，一起坐在波恩山脊中學體育館屋頂，雙腿垂盪，壓低音量。

「看看你的未來。」葛瑞琴朝面前的高中部建築攤開雙臂。「用亞沙的話來說：四年殘酷且奇特的懲罰。」

「我們不會有事的。」里微笑著說。

「當然不會有事。我有你，就連菲力也很好。」葛瑞琴更輕聲地補充。「一個威波和兩個維克瑞在一起，誰想得到。」

「妳會在意嗎？」

「事情改變了。」葛瑞琴聳肩。「已經改變。威波家只剩我能施行儀式了。」

「妳會嗎？」

葛瑞琴仔細思考里的問題，雙手在膝上握起又鬆開。「這個嘛，我現在知道我**做得到**了，而且總得有人為鎮上仲裁、維持平衡。我只是不知道那個人該不該是**我**。如果該，我的做法會有所不同，不會跟爸以前一樣。我將只為我們的鎮施行儀式，不為，你知道的，我個人無盡的權力和財富。或是獲得真愛的愛，諸如此類。」

里點頭。「好。」

「好？」

葛瑞琴轉向里。仲夏的月光灑落她的黑髮和血紅雙唇。里吞了口口水。

「好。」

慢慢地，葛瑞琴露出微笑。

慢慢地，里回以微笑。

「葛瑞琴，妳想要我吻妳嗎？」

她大笑。「真是個蠢問題。」

於是他吻了。

一陣暖風揚起葛瑞琴的頭髮。月光灑遍白楊林，而在最寂靜的夜裡，小鎮充滿生機。

全書完

長憶儀式

十根頭髮—

五根來自家人，

四根來自好友，

一根來自愛人，現在或已離去者皆可，

交織後燃燒

最親愛的回憶，最靠近的回憶，

攜你所探求之協助至此，

透過多雲之夜與溫暖陽光，

鑿錯，鑿對

在我的石心，以免遺忘。

不讓任一天從這腦中之網穿過。

第二次機會儀式

少許溫糖

一片陽光曬熱的葉子，

在不流動的池塘中攪拌

願熱情祝福我這場冒險

雖然是第二次，並非第一次。

不讓悔憾入心──

仍非終點，而是全新之始。

許願儀式

混合之血，

從極高之處滴下

噢，死亡。我們乞求汝，最黑暗的陰影

給予我們原本命運不允之物。

將能夠揭開一切隱藏祕密的

許願石贈與我們，

現身於召喚者之眼前，

給予我們那神聖的獎賞。

罪愆儀式

新鮮淚水

與鮮血，

以明火加熱

於無月之夜

於廢棄之宅

你的惡行將找上你，有如黎明吞食黑夜，

你的惡夢將侵擾你的睡眠。

你的謀殺將追蹤你，一宗尋求正義的罪。

你的化身將會來自深處。

審判儀式

一段回憶，

一朵花，

一根燃燒的蠟燭──

結合三位陰影各自的象徵物

以燭焰加熱回憶

加入熱情之花

此刻聚集，噢偉大的陰影，

不論日夜。

其二見證其一，

因不端之舉須導正，直至召喚工作完成爲止。

謝詞

全心感謝貝絲・菲朗（Beth Phelan），非凡的版權代理；從她知道這個故事存在的那一刻起，便一直為其鼓舞。無盡的感謝獻給泰勒・諾曼（Taylor Norman），她對我的支持令我驚歎，而且無論再難，她總是會把難以啟齒的問題問出口。感謝希爾茲（Hilts）兄弟為這本書創造出既令人難以忘懷又美妙的完美插畫。感謝白俄尼・艾弗若（Briony Everroad），天才審稿編輯。還要大大感謝編年史童書出版社（Chronicle Kids）的每一個人，包括吉尼・徐（Ginee Seo）、梅莉莎・曼羅夫（Melissa Manlove）、艾美莉亞・梅克（Amelia Mack）、莎莉・金（Sally Kim）、拉拉・史達（Lara Starr）、傑米・王（Jaime Wong），以及其他為我的故事在編年史內的旅程貢獻心力的幕後工作者。

非常嫌疑犯們，謝謝，謝謝，謝謝，謝謝——你們自己知道我說的是誰。若是少了我的朋友及家人的愛與支持，我不可能寫出這個故事。歐姆斯畢（Ormsbee）爺爺與奶奶，還有艾胥比（Ashby）外公——謝謝你們讓我知道什麼才叫全心全意且無私地活著。我愛你們，每天都想念你們。爸和媽，我永遠不會忘記我們的每週大聲讀書會。謝謝你們相信我的故事，一如你們總是相信我。你們養出一個質疑一切的女兒；我知道葛瑞琴也會贊同。

PLP0077

白楊林裡的房子

作　者—凱瑟琳・K・E・歐姆斯畢
譯　者—歸也光
編　輯—黃煜智
封面插畫—南君
封面完稿—莊謹銘
校　對—魏秋綢
行銷企劃—吳儒芳
內頁排版—綠貝殼資訊有限公司

總編輯—胡金倫
董事長—趙政岷
出版者—時報文化出版企業股份有限公司
108019台北市和平西路三段二四〇號七樓
發行專線—（〇二）二三〇六六八四二
讀者服務專線—〇八〇〇二三一七〇五
（〇二）二三〇四七一〇三
讀者服務傳真—（〇二）二三〇四六八五八
郵撥—一九三四四七二四時報文化出版公司
信箱—10899臺北華江橋郵局第九九號信箱
時報悅讀網—http://www.readingtimes.com.tw
思潮線臉書—https://www.facebook.com/trendage
法律顧問—理律法律事務所　陳長文律師、李念祖律師
印　刷—勁達印刷有限公司
初版一刷—二〇二〇年十月三十日
初版二刷—二〇二〇年十二月十六日
定　價—新台幣四二〇元
（缺頁或破損的書，請寄回更換）

時報文化出版公司成立於一九七五年，
並於一九九九年股票上櫃公開發行，於二〇〇八年脫離中時集團非屬旺中，
以「尊重智慧與創意的文化事業」為信念。

白楊林裡的房子／凱瑟琳・K・E・歐姆斯畢（K. E. Ormsbee）著；歸也光譯. -- 初版. -- 臺北市：時報文化，2020.10
304 面；14.8×21 公分
譯自：THE HOUSE IN POPLAR WOOD
ISBN 978-957-13-8356-9（平裝）
874.57　　109012813

THE HOUSE IN POPLAR WOOD
By K. E. Ormsbee

ISBN 978-957-13-8356-9
Printed in Taiwan